Heimspiel

Geschichten

Impressum

Bibliographische Information der Deutschen Nationalbibliothek

Die Deutsche Nationalbibliothek verzeichnet diese Publikation in der Deutschen Nationalbibliografie; detaillierte bibliografische Daten sind im Internet über http://dnb.d-nb.de abrufbar.

Herstellung und Verlag: Books on Demand GmbH, Norderstedt
Umschlaggestaltung: Andreas Hellmich
ISBN-13: 9783833492051

für Steini

"Come as you are"

Auswärtsspiel

Schon früh, als ich noch ein kleiner Junge war, machten mir meine Eltern deutlich, das sie das Fußballspiel ablehnten und verboten es mir. Nicht das Spielen auf der Straße (das hätten sie auch niemals geschafft) sondern den Eintritt in unseren lokalen Fußballverein. Damit setzte sich meine gesellschaftliche Ausgrenzung in dieser westfälischen Kleinstadt fort, die damit begonnen hatte, dass ich, mit einem schweren rheinhessischen Dialekt versehen, mit meinen Eltern nach Burgsteinfurt zog und der seinen vorläufigen Höhepunkt in der für damalige Verhältnisse unerhörten Tatsache fand, dass sie kurz nach der Gebietsreform, als aus Burgsteinfurt und Borghorst Steinfurt entstand, sich scheiden ließen.

„Fußball ist etwas für Proleten", hatten sie unisono gesagt. Aber so dachten Lehrer wohl in den späten sechziger Jahren, also bolzte ich auf der Straße und den Äckern mit den anderen Jungs aus der Nachbarschaft und während sich meine Mitspieler in den Vereinen weiterentwickelten, blieb ich mangels Training durch Dritte auf einer doch als niedrig zu nennenden Entwicklungsstufe hängen. Das änderte jedoch nichts an meiner Begeisterung für diese Sportart[1].

Wenn Mannschaften gewählt wurden, rief man mich im Laufe der Zeit immer später auf und irgendwann hoffte ich, dass man mich wenigstens nicht als Letzten wählen würde, denn das war

---

[1] Mein erstes und für lange Zeit auch einziges Paar Fußballschuhe erhielt ich von meinem Opa aus Burgsteinfurt. Es waren tiefschwarze Leinenturnschuhe mit Noppensohle und einem schweren Bleieinsatz vorne in der Spitze. Damit konnte man prima mit Picke schießen und sich ebenso gut den Respekt der Gegenspieler erarbeiten. Ich weiß bis heute nicht, wo er dieses ganz spezielle Paar aufgetrieben hat.

dann doch ziemlich deprimierend. Aber wenn es um den eigenen Erfolg geht, sind Kinder und Jugendliche seelenlose Wesen und selbst meine besten Freunde wählten mich eines Tages nicht mehr in ihre Mannschaft. Ich war halt der, der übrig blieb und den man nehmen musste.

Ich fand mich da wieder, wo sich die letztgewählten in der Regel wiederfanden: im Tor.

Obwohl Borussia Mönchengladbach mein Lieblingsklub war, stellte ich mir immer vor, ich wäre Bernd Franke, der seinerzeit Torhüter bei Eintracht Braunschweig war. Franke war smart und cool, Wolfgang Kleff von der Borussia spielte den Clown und ich wollte kein Clown sein. Wenn schon schlechter Fußballer, dann wenigstens smart und cool. Im Garten meines Großvaters trainierte ich zwischen den alten Pflaumenbäumen, warf dabei Bälle hoch in die Luft, sprang hinterher, um die Flanke abzufangen und träumte von großen Paraden in großen Spielen. Manchmal musste ein Ast daran glauben und wenn Opa es merkte war er sauer.

Eine große Parade gelang mir dann wirklich: Wir spielten zu Fünft in der Hofeinfahrt unseres damaligen Nachbarn (Zwei gegen Zwei auf ein Tor) und Björn schoss auf das Tor, also die Garage. Der Ball flog Richtung Winkel und ich setzte zum Sprung an, reckte und streckte mich, wehrte den Ball ab und knallte mit dem linken Knie auf den Asphalt. Noch im Triumphgefühl eine Glanzparade vollbracht zu haben, setzte der Schmerz einer großen Platzwunde am linken Knie ein. Die nächsten zehn Tage musste ich auf dem Sofa verbringen, aber ich war ein Held.

Diese Verletzung erhärtete jedoch das Urteil meiner Eltern über den Fußballsport, der nunmehr nicht nur eine Sportart für

Proleten war, sondern darüber hinaus auch noch gemeingefährlich für Knie und andere Gelenke und somit rundherum abzulehnen wäre.

Also spielte ich Handball und Tennis, lernte zwischendrin noch reiten und liebte weiterhin den Fußball und sehr zur Sorge meiner Mutter begann ich damit, in die Stadien zu gehen. Das bemerkenswerte und doch so typische daran ist, dass es meine Mutter war, die mich zu meinem ersten Stadionbesuch einlud[2].

Ich weiß nicht mehr, in welcher Spielzeit dieser wichtige Tag in meinem Leben stattfand, aber ich kann mich an viele Details gut erinnern: Wir fuhren mit der Jugendabteilung des SV Westfalia Leer, einem kleinen Fußballverein einer kleinen Nachbargemeinde von Steinfurt (zu dieser Zeit war meine Mutter dort Lehrerin) mit dem Bus nach Gelsenkirchen ins Parkstadion und hatten Stehplätze in der Nordkurve, also im Schalker Fanblock. Dies führte zum Verlust meiner kleinen Borussenfahne, auf die ich immer sehr stolz gewesen war und zu einer bis zum heutigen Tag andauernden Antipathie (und das ist noch höflich formuliert) gegenüber diesen Königsblauen. „Meister der Herzen", nennen sie ich in Ermangelung wahrhaftig errungener Meisterschaften in der Fußballneuzeit. Das ich nicht lache, der Meister meines Herzen sind sie bestimmt nicht. Ich habe sogar mit den Bayern, nein vielmehr gegen Schalke gejubelt, als Andersson in Hamburg spät traf und ihnen die schon gefeierte Meisterschaft wieder aus den Händen riss.

---

[2] Hier handelt es sich wohl um das gleiche Phänomen wie die Tatsache, dass sie das Rauchen strikt ablehnte, mich aber mit Tabak aus Holland versorgte, wenn sie nach Enschede zum Markt fuhr.

Mein erstes Borussenspiel war ein Auswärtsspiel und bis heute genieße ich diese mehr als die Heimspiele, auch wenn ich bei unzähligen auf dem legendären Bökelberg und nun auch schon im neuen Borussiapark dabei gewesen bin. Aber das Auswärtsspiel hat einfach mehr Bedeutung. Dort ist die Erwartungshaltung (der eigenen wie der anderen Fans) nicht so hoch, wie bei einem Heimspiel, denn dieses muss man einfach gewinnen, ein Spiel auf fremden Platz nicht (unbedingt). Zudem ist man in der Fremde in der Regel in der Minderheit und eine natürliche, verschworene, geradezu organische Einheit, in der einfach jeder die eigene Mannschaft unterstützt. Bedingungslos. Und lautstark.

Auf der Hitliste meiner schönsten Auswärtsspiele steht auf einem der vorderen Platzierungen die Begegnung zwischen Schalke und dem SC Preußen Münster in der Zweitligasaison achtundneunzig-neunundneunzig, als vor der damaligen Rekordkulisse von mehr als vierundvierzigtausend Zuschauern der Aufsteiger aus Münster auf Schalke mit eins zu null gewann und auf der Anzeigentafel prangte: FC SCHALKE 04 – PREUSSEN MÜNSTER 0:1 und klein darunter stand der Name des Torschützen, Gäher. Ein Anblick, den ich nie vergessen werde. Das Heimspiel in der Rückrunde gewann Münster mit drei zu zwei, auch bei diesem Spiel war ich dabei und es war grandios, aber außer dem Ergebnis und der Tatsache, dass ich einige Tage später Examensklausuren an der Uni schreiben musste, bleiben nicht viele Erinnerungen an dieses Spiel. Selbst die Torschützen sind mir nicht mehr präsent.
Unvergessen bleibt jedoch das Auswärtsspiel.

Schalke fehlten am Ende der Saison vier Punkte zum Wiederaufstieg.

Unangefochten auf Platz eins ist jedoch das Spiel Bayern München gegen meine Borussen in deren Abstiegssaison, das wir zwar zwei zu drei verloren, aber wie eine Meisterschaft feierten. Zu diesem Zeitpunkt war der Abstieg kaum noch zu vermeiden und dennoch (oder gerade deswegen) kamen mehr als zwanzigtausend Gladbacher ins Olympiastadion und wir feierten uns und unsere Borussia, den Mythos vom Niederrhein. Das Spiel selbst war ein Spiegelbild der Saison: gut gespielt, geführt, Torchancen zuhauf und am Ende knapp verloren.

Natürlich gibt es auch Auswärtsspiele, über die man besser keine Worte verliert, was ich an dieser Stelle dann auch beherzige und diese (längst verdrängten Erlebnisse) nicht wieder abrufe.

In meiner Zeit als Stadionbesucher gab es Wochenenden, an denen ich, wenn alles passte, es schaffte drei Spiele zu besuchen: Freitags und Samstags Bundesligaspiele der Borussia oder anderer Klubs in der Nähe, hier vorwiegend Dortmund oder Schalke und Sonntags mit Preußen Münster in der zweiten Liga oder anderen unteren Ligen.

Frauen spielten bei den Stadionbesuchen keine wesentliche Rolle. Ab und zu begleitete mich die eine oder andere und meine Kollegen, aber das waren eher Randerscheinungen, denn wir und damit meine ich beide Seiten, spürten schnell, das es besser war, nicht gemeinsam dort hin zu gehen. Zu anders war der Mann als Mensch, wenn er ein Stadion betrat.

Catrin begleitete mich einmal zu einem Auswärtsspiel, es war das Spiel eins nach dem blamablen null zu vier in Madrid, als der Borussia ein fünf zu eins Hinspieltriumph[3] nicht zum Weiterkommen im Europapokal der Landesmeister reichte. Wir spielten in Schalke zwei zu zwei Unentschieden und mir blieben drei Dinge in Erinnerung:

1. Es war ein schreckliches Wetter im Spätherbst mit Dauerregen,

2. die Schalkefans sangen inbrünstig „Real Madrid, Real Madrid" und

3. Catrin fragte mich zur Halbzeit, warum ich so genervt sei, die Mannschaft in den weißen Trikots (ihrer Meinung nach also Mönchengladbach) würde doch eins zu null gegen die in blau gekleideten (ihrer Meinung nach also Schalke) führen. Tatsächlich trugen die Borussen an diesem Tag ihre hellblauen Auswärtstrikots, Schalke spielte in weiß und auf der Anzeigentafel leuchtete mir ein eins zu null und nicht null zu eins entgegen.

Von diesem Tag an dauerte es doch recht lange, bis ich wieder in weiblicher Begleitung ein Fußballspiel besuchte.

---

[3] Eigentlich war es auch ein Auswärtsspiel, denn in den siebziger und achtziger Jahren zog Gladbach bei großen Spielen gerne mal ins das Düsseldorfer Rheinstadion um. So auch bei dieser Begegnung.

Heimspiel

„Verdammt, wo ist mein Trikot?"

„Welches Trikot?"

„Na rat´ doch mal, wer heute spielt?"

„Borussia?"

„Und welches Trikot such´ ich dann?"

„Das von Borussia?"

„Bingo. Und wo ist es nun?"

„In der Wäsche."

An diesem Samstag ging Gert das erste Mal seit Jahren ohne Trikot zu einem Heimspiel seiner Borussia. Ansonsten verlief dieser Spieltag wie immer: Um viertel vor Elf machte er sich auf den Weg zum Bahnhof, dann mit dem Zug nach Dortmund, von dort aus zu Fuß zum Stadion und wartete dort, bis die Ordner gegen halb Zwei Uhr die Blöcke öffneten. Dann ließ er sich seine Dauerkarte für die Südtribüne abknipsen, ging auf die Tribüne und schaute in das weite, noch leere Westfalenstadion. Gert Dambrowksi sich seine erste Dauerkarte vor zehn Jahren gekauft, schon damals für die Stehränge.

„Sitzen ist was für den Arsch und außerdem zu teuer." So einfach und logisch lautete damals die Begründung.

Heute stand er also das erste Mal ohne Trikot im Fanblock. Ein komisches Gefühl war das, er kam sich vor wie ein Fremder im eigenen Stadion. Gert drehte sich eine Zigarette und setzte sich auf den Betonbeton, es war Sommer und der Boden noch angenehm warm. Das würde sich im Laufe der Saison ändern. Diese Sommerpause war, der Europameisterschaft in Portugal geschuldet, recht lang gewesen. Man hatte sich lange nicht gesehen und die Vorfreude auf die neue Saison war groß.

Der BVB hatte vor zwei Wochen im UI-Cup all seine Chancen auf die UEFA-Pokalteilnahme verspielt. Gegen Genk. Ohne Gert, denn der machte Familienurlaub, UI-Cup war nicht eingeplant, als die Reise gebucht wurde. Schalke war eine Runde weitergekommen und die Fans hatten gesungen „Seht ihr Dortmund, so wird das gemacht." Da hatte Gert den Fernseher ausgemacht und Schalke noch mehr gehasst als vorher. Und er würde diese Saison ohne Europacupspiele auskommen müssen. Dabei liebte Gert gerade die Wochentagsspiele ganz besonders, da konnte es ruhig mal später werden – ohne das Ruth etwas sagen würde, denn meistens schlief sie dann schon, wenn er nach Hause kam.
Vielleicht würde es dieses Mal aber im DFB-Pokal besser laufen, auch da gab es Wochentagsspiele.
Gert schnippte die Zigarettenkippe die Stehränge hinab, stand auf und verließ das Stadion gegen den Strom der ankommenden Fans.

Es war kurz nach 14:30 Uhr, als es bei Silke Tenwert an der Tür klingelte. Hastig entkorkte sie den Sekt, eilte zur Tür – nicht ohne mit einem schnellen Blick die Frisur geprüft zu haben – und öffnete sie.
„Hallo Gert", sagte die junge Frau und küsste ihn. Lange und auf den Mund. Dann schaute sie ihn an und stellte verwundert fest: „Na so was, Du bist ja inkognito. Wo ist Dein Trikot?"
„In der Wäsche."
„Ein Sekt zum Warmmachen?"

„Klar", sagte Gert und sie gingen ins Wohnzimmer.

Silke trug einen Morgenmantel mit asiatischem Muster und als sie sich auf das Sofa setzte, schob sich das Oberteil – wie durch Zufall oder auch nicht – auseinander und gab einen Blick auf ihre Brust frei. Schwarz und gelb leuchtete es Gert entgegen. Silke trug heute einen gelben BH mit schwarzem Rand und dem BVB-Emblem auf der Mitte jeder Brust, ungefähr da, wo sich die Brustwarzen befinden.

Sie schenkte den Sekt ein, drückte Gert ein Glas in die Hand und prostete ihm zu: „Auf die neue Bundesligasaison."

„Auf uns", sagte Gert und leerte das Glas in einem Zug.

„Und unsere 3. Saison", ergänzte Silke.

Dann sagte sie „Komm." und zog Gert zu sich auf das Sofa herab.

Im Hintergrund lief schon Premiere, aber noch mit der Wiederholung der Freitagskonferenz aus der zweiten Liga.

„Ich muss mal pinkeln", sagte Gert.

„Ich geh´ dann schon mal ins Schlafzimmer."

Pünktlich zu Spielbeginn saßen die beiden wieder auf dem Sofa. Welch aphrodisische Wirkung ein Tor der eigenen Mannschaft haben kann, wurde ihnen nach Ewerthon´s eins zu null genauso bewusst, wie der körperliche Schockzustand nach zwei mal Bradric zum eins zu zwei Endstand. Es lief danach nichts mehr zusammen. Weder im Stadion nach in Silkes Wohnung. Das zweite Heimspiel endete mit der zweiten Enttäuschung und es gab diesmal keine schnelle Nummer nach Spielende, wie sonst, wenn sich die Mannschaft von der Südkurve feiern ließ.

„Wann sehen wir uns wieder", fragte Silke, die zu erwartende Antwort auf Grund des auswendig gelernten Spielplanes kennend.

„Nächste Woche geht es nach Mönchengladbach, dann ist Pokal in Lübeck, das Wochenende darauf Länderspiel. Also, das nächste Heimspiel ist dann erst wieder am achtundzwanzigsten August, gegen Hannover 96."

„Das ist lang hin", seufzte sie recht leise..

„Ich geh´ dann mal", sagte Gert. „Ist schon spät."

Auf dem Heimweg nahm Gert noch ein paar Bierchen im Dortmunder Hauptbahnhof zu sich und holte sich Fanmeinungen über das Spiel ein, er musste für das Gespräch zu Hause gut informiert sein.

Es war kurz nach zwanzig Uhr, als er die Haustür öffnete.

„Wie war das Spiel," schallte ihm die Frage durch die offene Küchentür entgegen.

„Beschissen."

„Setz´ Dich schon mal ins Wohnzimmer. Essen ist fertig."

Ruth trug an diesem Abend einen Morgenmantel mit asiatischem Muster und als sie sich auf ihren Stuhl an den Esstisch setzte, schob sich das Oberteil – wie durch Zufall oder auch nicht – auseinander und gab einen Blick auf ihre Brust frei. Schwarz und gelb leuchtete es Gert entgegen. Ruth trug heute einen gelben BH mit schwarzem Rand und dem BVB-Emblem auf der Mitte jeder Brust, ungefähr da, wo sich die Brustwarzen befinden.

Bagno

Ich war erst spät aus Ostdeutschland nach Hause gekommen. Damals arbeitete ich noch im Halberstadt im Harz, hatte meine Freunde und Familie noch immer in meiner heimatlichen Kleinstadt Burgsteinfurt im Münsterland. Ich war neunundzwanzig Jahre alt.

Irgendwo auf der Strecke hatte es wieder einen Unfall gegeben und ein LKW war ausgebrannt. Jedenfalls brauchte ich Stunden für den Weg von Hannover nach Bad Oeynhausen. Manchmal brach der Verkehr völlig zusammen und die Autofahrer stiegen aus und unterhielten sich. Meistens über diesen Unfall, andere Unfälle, Staus oder das Wetter. Wenn wir an der Mittelleitplanke standen und der Gegenverkehr an uns vorbei schoss, sahen wir ihm neidisch nach.
Es war Sommer und die Zeit der Sommerferien.

Es war fast Mitternacht, als ich mein Ziel erreichte. Es war noch warm und nicht so schwül wie sonst. Meine Mutter, die sich immer Sorgen machte, wenn ich unterwegs war, hatte den Abend auf der Terrasse wartend zu gebracht. Ich stellte meinen Koffer mit der Wäsche einer Arbeitswoche in mein Zimmer.
Ich war noch zu aufgedreht von der Fahrt und wusste, dass ich noch nicht schlafen konnte. Ich ging in die Stadt.

Vor dem Biercafe standen meine Freunde und diskutierten, was man noch unternehmen könnte. Andi hatte das Lokal schon geschlossen, man war in diesen Tagen von Seiten des

Ordnungsamtes sehr kleinlich und kontrollierte die Sperrstunde streng.

Wir standen eine Weile auf der Straße unentschlossen herum und überlegten, ob wir ins Spektrum, eine Diskothek im Nachbarort fahren sollten. Da sagte Anja, die Freundin von Ralf: „Warum gehen wir nicht zum Bagnosee? Wir könnten dort baden gehen. Es ist doch noch so warm."

Die meisten stiegen auf ihre Fahrräder und fuhren los.

Ich war zu Fuß in der Stadt und sagte, dass ich laufen müsste, aber das wäre kein Problem. Im Gegenteil, nach der langen Autofahrt würde mehr der Spaziergang zum Bagnosee ganz gut tun.

Der Bagnosee lag zwischen den Ortsteilen Burgsteinfurt und Borghorst in einem Park gelegen. Auf dem Weg zum See ging ich am Wasserschloss vorbei. Am Wassergraben blieb ich stehen und steckte mir ein Zigarette an, als ich eine vertraute Stimme hörte.

„Gib´ mir mal ´ne Zigarette", sagte Ralf und stieg vom Fahrrad. Wir standen dann eine Weile da, die Arme auf das Geländer gestützt, blickten auf das Schloss, das sich im Wasser spiegelte und genossen den Abend.

„Schön hier", sagte Ralf nach einer Weile und schnippte die Zigarette ins Wasser.

Ich nickte.

Ralf sagte, dass er nur schnell nach Hause wollte, um ein paar Flaschen Wein für uns zu organisieren, stieg auf sein Fahrrad und fuhr davon. Ich ging weiter Richtung See und als ich der Höhe des Denkmals war, wo in meiner Schulzeit die Kiffer rumhingen und am Totensonntag die Schützenvereine ihrer

Weltkriegstoten gedachten, sah ich Anja auf einer Parkbank sitzen.

„Wartest Du hier auf Ralf?" fragte ich.

Sie schüttelte den Kopf.

„Wenn Du willst, schiebe ich mein Fahrrad und wir gehen zusammen zum See", bot sie mir an.

Ich konnte Anja nicht besonders gut leiden, wieso, konnte ich nicht präzise formulieren, aber sie hatte etwas an sich, vor dem ich instinktiv eine nicht definierbare Art von Angst hatte. Sie war sehr hübsch und wusste es.

Ralf hatte sich in den Jahren, in denen sie zusammen waren eigentlich nicht geändert, nur war er nicht mehr so häufig für uns, seine Freunde da. Seitdem war Ralf auch nicht mehr so oft mit uns bei Preußen Münster gewesen.

Wahrscheinlich war ich eifersüchtig.

Wir gingen langsam Richtung See und wir unterhielten uns. Anja studierte Lehramt für Sekundarstufe eins in Münster und hatte gerade Semesterferien, in denen Sie in der Versandabteilung eines Textilherstellers aus Burgsteinfurt arbeitete. Sie erzählte von den Frühschichten, wie es ist, nur unter Frauen zu arbeiten, den ganzen Tag Frotteehandtücher in Kisten zu packen, WDR 4 zu hören und sich auf die Morgenandacht, Werbung und Nachrichten zu freuen, nur weil dann mal keine Musik lief. Obwohl ich sie ja eigentlich nicht besonders leiden konnte, lachten wir viel. Ich merkte, das ich das Gespräch genoss.

Als wir über die Wackelbrücke liefen, sahen wir unsere Freunde auf der anderen Seite des Sees am Bootshaus sitzen.

Einige badeten und planschten im seichten Wasser herum und hatten die schon schlafenden Enten verjagt, die laut vor sich hin meckernd zu anderen Schlafplätzen paddelten. Ralf konnte ich auf die Entfernung nicht entdecken, wahrscheinlich war er auch noch nicht wieder zurück.

„Komm, wir gehen hier ins Wasser", schlug Anja vor, zog sich aus und lief in den See. Ich überlegte kurz, ob ich meine Unterhose anlassen sollte, aber weil Anja auch nackt war, zog ich sie aus und tat, als sei es selbstverständlich.

Sie schwamm mit kräftigen Zügen Richtung Insel. Ich tat ihr gleich. Bald hatte ich sie eingeholt und wir schwammen schweigend nebeneinander her.

Als wir an der Insel ankamen, warf sich Anja ins Gras und legte sich auf den Rücken.

„Komm zu mir", flüsterte sie.

Wir lagen schläfrig im Gras und beobachteten unsere Freunde auf der anderen Seite des Sees.

Sie hatten ein Lagerfeuer entzündet und saßen im Kreis um die Flammen herum. Ralf war zurückgekommen und sie tranken den mitgebrachten Rotwein aus Pappbechern.

Nach einer Weile spürten wir, dass sie unruhig wurden und uns vermissten.

Wir standen auf und schwammen zurück zu unseren Sachen.

Nur das feuchte, flachgelegene Gras erinnerte auf der Insel noch an uns.

Ralf schaute uns lange und traurig an.

„Wo wart Ihr solange", fragte er. Er sprach es so aus, dass wir beide uns angesprochen fühlen mussten.

„Wo wart ihr solange", wiederholte er seine Frage.

Für einen Moment hatte ich das Gefühl, dass die Welt um uns herum still stand, den Atem anhielt und auf unsere Antwort wartete. Man hörte nichts.

Das leise Knistern des Feuers war das einzige Geräusch, das sich traute, diese Stille zu unterbrechen.

Anja zögerte nur kurz, dann ging sie auf Ralf zu, nahm ihn in den Arm und küsste ihn auf den Mund. Sie nahm ihm den Becher Wein aus der Hand und trank ihn in einem Zug leer.

„Ich habe Hunger", sagte sie. „Lass´ uns nach Hause fahren."

Am nächsten Abend trafen wir uns wieder im Biercafe. Keiner meiner Freunde verlor ein Wort über den gestrigen Abend. Als Anja und Ralf in die Kneipe kamen und sich zu uns setzten, schien alles wie zuvor und ich hatte wieder dieses Gefühl der Eifersucht.

An diesem Abend ging ich früh nach Hause und setzte mich zu meiner Mutter in den Garten. Es war recht schwül und in der Ferne hörte man das leise Grollen eines herannahenden Gewitters.

„Es wird Zeit, dass Du eine feste Beziehung eingehst.", sagte sie irgendwann. Ich nickte und ging ins Bett.

Später hörte ich, dass Anja schwanger war und Ralf verlassen hatte. Zu dieser Zeit blieb ich an den Wochenenden immer öfter im Harz und begann mein Wäsche selber zu waschen.

Mittendrin nicke ich ein, schnarche aber nicht

Geschichten wie diese sollten nicht an der Amalfiküste stattfinden, es gibt kaum einen Landstrich in Italien, der langweiliger und greiser sein könnte. Grauenhafte Kiesstrände, kleine verstopfte Orte, schmale Straßen in denen sich täglich unzählige Reisebusse festfahren und überall diese unerträglichen Zitronenhaine. Das unsägliche Capri immer in Sichtweite. Und unserem Kanzler aus Hannover gefällt es dort ausgesprochen gut. Es gibt weiß Gott schönere Orte in Italien, an denen ich die Geschichte stattfinden lassen könnte (ich denke da an Orte an der südlichen Adriaküste, beispielweise Vasto oder das Gallo Nero, zur Not auch Bibione, Jesolo oder gar Venedig), aber diese Hochzeit findet nun einmal im Dom zu Amalfi statt. Dort ist es der einzige Ort der Welt, an dem es wahrscheinlich schicker ist sich umzubringen, als zu heiraten, aber egal...

Simones Mutter legte großen Wert darauf, dass ein Mitglied ihrer Familie sie bei der Hochzeit ihrer Großnichte mit einem italienischen Langzeitstudenten aus gutem Hause repräsentieren würde und die Wahl fiel auf ihre älteste Tochter. Und im Gefolge also auch auf mich.

Ich wache auf und es ist noch dunkel. Simone ist verschwunden, aber es kommt noch schlimmer: ich habe meine Krawatte in Werne vergesse. Auf dem Weg in die Lobby richte ich wenigstens noch dem Kragen meines Sakkos und entferne mit lässigen Handbewegungen noch schnell ein paar Haare vom Revers. Wenn schon keine Krawatte, dann wenigstens Contenance auf allen anderen Ebenen.

Simone erwartet mich in der Bar Vesuvio, das behauptet sie wenigstens in der kurzen Nachricht, die sie an der Rezeption für mich hinterlegt hat. Nach Auskunft des Portiers hat sie das Hotel vor einer guten Stunde verlassen. Ich drücke ihm einen Fünf-Euro-Schein in die Hand. Man braucht diese Informanten und sie dürfen nicht aussterben. Dieser Beruf öffnet immerhin die Türen. Die schmalen Gassen wimmeln von greisen Touristen in zu kurzen Hosen und hochgezogenen Socken. Dazwischen weiße Beine. Man hätte auch sagen können: Auf dem Markusplatz wie die Tauben. Natürlich ist Simone nicht in der Bar Vesuvio zu finden. Das ist kein Grund auf einen Espresso con Grappa zu verzichten. Auch nicht auf einen zweiten, dritten, den vierten ohne Espresso,...

„Ah, Simone. Da bist Du ja, wo hast Du denn gesteckt?"

Sie sieht hinreißend, überwältigend aus und ich stoße mein Glas um.

Der Dom zu Amalfi wirkt völlig deplaziert auf dem zu kleinen Marktplatz. Wir kommen zu spät zur Trauung, also genau richtig. Ein nicht geplanter Soloauftritt. Wir bringen die Veranstaltung ordentlich hinter uns, immerhin wird die Trauung zweisprachig vollzogen und verlängert sich entsprechend. Mittendrin nicke ich ein, schnarche aber nicht und bekomme dennoch entsprechende Seitenblicke und später auch Vorwürfe von Simone zu ernten. Was ich nicht fair finde.

Die eigentliche Feier, mit vorherigem Empfang, findet in einem kleinen Ort, oben auf der Steilküste über Amalfi statt. Ein gecharterter Reisebus fährt die ganze Gesellschaft dorthin. Als wir ankommen klebt meine Kehle und ich trinke erst einmal vier bis sechs Begrüßungscocktails. Beim Anblick der Häppchen fällt mir auf, dass seit fast vierundzwanzig Stunden nichts mehr gegessen habe und kapere ein Tablett Lachskanapees. Während ich mit dieser Portion abrechne, steht Simone abseits und unterhält sich bereits angeregt mit einem italienischen Schauspieler. Mit einem Cocktail in der Hand schlendere ich durch den Garten und betrachte versunken das grauselige Capri, dass von hier oben gar nicht mehr so schlimm wirkt. Das macht wohl die Abenddämmerung.

Dann gibt es Abendessen und Ströme besten Rotweines. Simone mag keinen Fisch, also verspeise ich die Dorade gleich zweimal und habe ebenfalls eine doppelte Portion Pasta mit Gambas. Zwischendurch drückt mir jemand eine Videokamera in die Hand („Du bist ja Photograph.") und ich filme gehorsam drauf los. Tiefe Ausschnitte und Dekolletes in allen Varianten und Zoomeinstellungen werden das Ergebnis meines Schaffens sein. Ich bin Sportfotograf und bin es gewohnt Action zu fotografieren, nicht unbedingt immer die schönen Dinge.

Kurz nach dreiundzwanzig Uhr ist das Essen zu Ende, der Verdauungsespresso getrunken und die Kellner beginnen tatsächlich aufzuräumen und somit das Fest zu beenden. An dieser Stelle tritt die deutsche Fraktion der Gäste auf den Plan und erklärt den offiziellen Partyteil für eröffnet. Nach einer kurzen Konferenz auf Seiten der Gastgeber lässt man uns gewähren: Eine Hochzeit ohne Eröffnungstanz, Schleiertanz, Tanz im allgemeinen, Spiele, Darbietungen aller Art der Freundeskreise und trinken, trinken, trinken gilt halt bei uns in Germanien als nicht gelungen...

Der Abend ist auf dem Höhepunkt angelangt. Der italienische DJ (eine Cousine des Bräutigams, im wahrhaftigen Leben bei der Policia beschäftigt, aber sonst ganz süß) drückt auf die Tube. Die Meute danct und geht voll mit. Der Bruder des Bräutigams und weitere Mitglieder der Familie bewerfen eine kleine deutsche Partisaneneinheit um Ralf und mich quer durch den Garten mit Hochzeitskuchen. Wir haben uns hinter umgestürzten Tischen und Stühlen verschanzt. Bei einem Frontalangriff mit einer Schale Champagnerbowle kommt Laura P. ins Straucheln und geht mit Getöse zu Boden. Der Boden gleicht einer vereisten Abfahrtspiste, mit Erdbeeren dekoriert. Giancarlo nutzt die Gelegenheit, um seinen Joint im Obstsalat auszudrücken und Jamie bekommt einen Lachanfall mit Atemnot.

Ich finde Simone am See mit ihrem galanten Schauspieler heiter scherzend. Der Spinner führt ihr eine Szene aus einer Schmierenkomödie vor und das Schlimmste ist: Simone spielt mit. Mir gefriert das Blut in meinen Adern. Ich klettere auf das Dach des Musikpavillons. Simone stößt einen spitzen Schrei aus. Aber zu spät. Ich springe vom Dach direkt in das dunkle Wasser des Sees.

Als ich an Land liegend wieder zu mir komme, beugen sich etwa dreißig Augenpaare über mich. In diesem Moment wird mir warm ums Herz, und das, obschon ich mich noch nicht bewegt habe und ich nicht weiß, ob ich irgendwelche Verletzungen davon getragen habe. Im Moment spüre ich Nichts – außer Vollkommenheit und Wohlsein. Doch die Realität nimmt mich schnell, zu schnell in ihre Arme. Ich bin bis auf die Knochen durchnässt und trage eine Decke mit dem Charme einer Rotkreuzdecke aus den Siebzigern um die

Schultern gelegt. Mir ist kalt und die Frisur sitzt nicht mehr. Doch das Ziel ist erreicht: Simone sitzt neben mir und hält meine Hand. Der Schauspieler kann einpacken mit seiner Daily Soap. Ich habe nicht geschauspielert, ich habe gehandelt. Für meine Liebe.

Und der Morgen graute. Wie er es regelmäßig zu tun pflegt.

Wir sitzen am Wasser und betrachten den Sonnenaufgang. Simone hat sich an mich gekuschelt und ihren Kopf auf meine Schulter gelegt. Es fühlt sich genau so kitschig an, wie sich es wahrscheinlich liest.

Nach dem Frühstück gehen wir schlafen. Ich kann nicht sofort einschlafen, weil mir meine Knochen wehtun (möglicherweise noch eine Auswirkung meines Sprunges) und außerdem ist es hell. Wieder einmal beginnt der Tag vor meiner Nacht. Ich greife ihr in die Haare und will ihr sagen, das sie die Liebe meines Lebens ist, schlafe aber vorher ein. Immerhin habe ich es gedacht.

Am nächsten Tag verlassen wir die Amalfiküste und fahren nach Vasto.

Sonntags und so

Sonntag. Wir haben Sommer und ich bin alleine. Ich bin immer alleine, privat jedenfalls, also ist dieser Zustand normal. In der Woche ist das schon in Ordnung, dann arbeite ich viel, Samstags geht auch, da kann ich den ganzen Tag einkaufen. Und nachmittags Fußballbundesliga gucken.

Sonntags ist dann doof, da bin ich richtig alleine. Also gehe ich laufen. Ich gehe auch in der Woche laufen. Aber Sonntags laufe ich dann lange, dann geht auch dieser Tag rum.

Es ist Sonntag. Ein normaler Sonntag im Sommer, es ist warm, nein heiß und meine Joggingschuhe schielen vorsichtig in meine Richtung. Sie sind noch müde, mir ist das egal, denn ich bin alleine. Ich ziehe sie an und meine Füße grüßen die Sohlen.

Wir laufen los, erst durch das Neubaugebiet, dann kommen die Felder und der kleine Ökobauer mit dem Miniziegengehege, daneben die Hängebauchschweine.

„Ihr stinkt", beschwere ich mich.

„Du auch", raunzen sie zurück und die Ziegen meckern irgendetwas, was ich nicht verstehe.

Einige Stechmücken wechseln die Fronten und begleiten mich.

Maisfelder und Pferdekoppeln reihen sich nun in loser Folge nebeneinander auf und die Stechmücken verlassen mich wieder. Ihnen sind die Pferde lieber. Das ärgert mich nicht, ich hatte sie ja auch gar nicht eingeladen.

Beim großen Eierbauern grüße ich schnell den Hofhund in seinem Zwinger und dann biege ich rechts ab, dort beginnt hinter dem Bahndamm der erste Anstieg. Der Puls ist gut und ich freue mich. Ein leichter Rückenwind schiebt mich, das ist schön. Es ist ein Gefühl wie Spaghettieis mit einer doppelten

Portion Erdbeeren. Am Ende des Anstieges, gleich hinter der scharfen Linkskurve ist eine kleine Lichtung im Wald, da werden sie wieder stehen, denn dort stehen sie Sonntags immer. Ich werde ihnen wieder zuzwinkern, damit sie sehen, dass ich Bescheid weiß über sie und ihre heimliche Beziehung.

Ihr Auto stand seit Mai jeden Sonntag dort. Immer. Immer wenn ich vorbeilief sah ich sie. Sie knutschten im Wagen, mal vorne mal hinten auf der Rückbank. Einige Male hatten sie auch das Auto verlassen und saßen eng und umschlungen auf der Parkbank. Manchmal blieb ich stehen und beobachtete sie. Aber nur, wenn ich sicher sein konnte, dass es sie nicht störte. Dann war ich weit weg oder sie sehr mit sich beschäftigt. Sie sahen so glücklich aus, vielleicht bekam ich davon was ab: wenn man in der Sonne liegt, wird man ja auch braun.

Heute ist es anders. Schon beim Anstieg sehe ich dem Auto an, dass es unglücklich ist und ich bin beunruhigt. Die Hitze ist drückend geworden und in der Ferne hört man schon, wenn man sich ganz genau drauf konzentriert, ein leises Grollen des heranstürmenden Gewitters. Ich sehe, dass sie heute nebeneinander sitzen und bin ein zweites Mal beunruhigt, denn ich sehe nicht, dass sie sich anfassen. Sie fassen sich sonst immer an oder berühren sich, aber sitzen nicht nur still nebeneinander. Ich laufe auf sie zu und will stehen bleiben und ihnen sagen „Fasst euch an." Meine Schuhe rächen sich und laufen weiter und ich sehe nur, dass sie auch nicht miteinander sprechen. Der Wind schiebt mich schnell weiter, an ihnen vorbei. Beide sitzen auf ihren Sitzen und schauen stumm geradeaus. Ich zwinkere ihnen sinnlos zu und niemand reagiert, auch das Auto nicht. Ich laufe weiter und mir wird kalt in meinem Schweiß. Die kleinen Haare auf meinen Armen stellen sich aufrecht und die Pulsuhr zeigt 120% und ich beschwöre meine Schuhe mir wieder zu gehorchen und verspreche ihnen sogar ein freies Wochenende. Aber sie wollen nicht umdrehen, der Rückensturm trägt das seinige dazu bei, dass ich schnell voran komme.

Zwei Schüsse zerreißen die Stille. Ich bleibe stehen und muss kotzen. Dann drehe ich mich um und laufe langsam zur Lichtung zurück. Langsam, ganz langsam. Diesmal helfen mir meine Schuhe und bremsen den Schritt und ich bin dankbar. Der Wind steht still und verhält sich neutral. Irgendwann erreiche ich doch die Lichtung Das Auto steht immer noch da. Kein Arm hängt aus dem Fenster und am Boden liegt kein Revolver. Das beruhigt mich nicht, aber es erleichtert. Ich muss weitergehen, hinter dem Kraftwerk türmen sich Gewitterwolken und die Schwüle drückt mich zu Boden, aber ich muss weitergehen. Das Auto sieht noch nicht besser als vorhin. Aus ihm drängen keine Geräusche und das beunruhigt mich noch mehr. Als ich neben dem Wagen stehe sehe ich nicht herein, die Scheiben sind beschlagen, ich höre nur ein leises, ganz ganz leises Wimmern einer Frauenstimme. Sie schluchzt und verkündet der Welt laut scheppernd, wie über einen Lautsprecher: „Nicht einmal das kannst Du, Du Versager."

Dieser Sonntag ist halt ein ganz normaler Sonntag. Im Sommer. Und ich bin Sonntags besonders allein.

Du hättest den Hörer nicht abnehmen sollen

Du hättest den Hörer nicht abnehmen sollen.
Du hättest die Tür nicht aufmachen sollen.
Du hättest mich nicht verletzen sollen.
Und vor allem hättest Du mich nicht betrügen sollen.

Wir hatten uns auf eine kuriose Art und Weise kennen gelernt: Ich war neu in die Stadt gezogen und kaufte mir den aktuellen Prinz, Ausgabe Ruhrgebiet an einem Kiosk. Eigentlich interessierte mich dort nur der aktuelle Veranstaltungskalender, beim Durchblättern der Zeitschrift blieben meine Augen allerdings an einer Kontaktanzeige hängen.
„RUF MICH AN."
Dieser simplen Aufforderung folgte noch deine Telefonnummer, mehr nicht. Ich wusste zu diesem Zeitpunkt weder Deinen Namen, noch Dein Geschlecht.
„RUF MICH AN."
Ich blickte einige Minuten auf die Buchstaben, griff zu meinem Handy, schaltete für alle Fälle die Ruferkennung aus und wählte Deine Nummer.
Du hättest den Hörer nicht abnehmen sollen. Als ich deine Stimme das erste Mal hören durfte, war ich besoffen von ihr und hatte nur noch eines im Sinn: Ich musste dich kennen lernen.

Das erste Mal trafen wir uns im Café Extrablatt in der Einkaufspassage.

Oft geben uns die Stimmen nur einen oberflächlichen Eindruck von der dahinter steckenden Person und die Enttäuschung ist groß, denn nicht hinter jeder wohlklingenden Stimme steckt ein gutaussehender und sympathischer Gesprächspartner. So ist das dann mit den Erwartungshaltungen.

Bei Janine war das anders: Hier übertraf ihre Erscheinung meine Erwartungshaltung um mindestens einige Längen und ich war so nervös, dass ich froh war, mich zunächst hinter der Speisen- und Getränkekarte verstecken zu können und nicht mit ihr reden zu müssen. Die beiden Tassen Schümli konnten meine Nervosität nicht entscheidend positiv beeinflussen.

Drei Stunden später lagen wir nach unserem ersten gemeinsamen Sex in ihrem Bett, als es an der Tür klopfte.

„Janine, bist Du da?"

Es war eindeutig eine Männerstimme und er stand vor ihrem Schlafzimmer.

„Ja, Horst, komm rein", forderte sie ihn auf und mir wurde ganz anders.

„Du bist nicht allein." Horst blickte irritiert in meine Richtung.

„Das ist Bert, wir haben gerade miteinander gevögelt." Janine zeigte in meine Richtung.

„Und das ist Horst, mein Ex."

„Oh, hallo." Mehr brachte ich nicht heraus.

„Auch hallo", sagte Horst, verließ das Schlafzimmer und Janines Hand wanderte unter die Decke.

„Los, noch mal", forderte sie mich auf.

Am nächsten Morgen saßen wir in der Küche und tranken Espresso aus viel zu großen Tassen. Während dessen erzählte sie mir, dass Horst - ihr Ex-Lover – und sie sich vor einigen Wochen getrennt hätten, genauer gesagt, dass sie mit ihm Schluss gemacht hätte und er nur noch aus Mitleid bei ihr wohnen durfte, weil er immer noch auf Wohnungssuche sei.

„Das macht Dir doch nichts aus?" Janine stand hinter mir und hatte ihr Hände vor meiner Brust verschränkt. Sie küsste meinen Scheitel.

Ich war verliebt und sagte: „Nein. Ist am Anfang nur ein bisschen komisch."

Dann gingen wir wieder ins Bett und schliefen miteinander.

Die nächsten Tage und Wochen vergingen wie in Trance. Ich befand mich in einem Rausch und war mit meiner Gefühlswelt ganz oben. Mein Lebensmittelpunkt war Janine geworden. Ich arbeitete, war mit ihr zusammen oder wartete in ihrer Wohnung darauf, dass sie heim kam.

Dazwischen war kein Raum für etwas anderes, gab es nichts.

Nach einigen Wochen saß ich mit Horst, der noch immer bei Janine wohnte, auf ein Bier zusammen in der Küche. Wir hatten uns arrangiert und die Rolle des jeweils anderen scheinbar akzeptiert.

Wir waren allein, Janine besuchte an diesem Tag ihre Mutter und ich quatschte mit Horst über Fußball. Ich glaubte jemand im Treppenhaus zu hören und wollte aufstehen und Janine an der Tür begrüßen, doch Horst hielt mich zurück.

„Das war sie nicht. Die Schritte gehören zu dem Pärchen in der Wohnung über uns. Ich kenne deren Gang genau", sagte er und holte uns noch ein Bier aus dem Kühlschrank.

Janine hatte ihr Handy ausgeschaltet. Ich war müde und hatte keine Lust mehr, mit Horst Fußballwissen auszutauschen.

Ich sprach ihr auf die Mailbox, dass ich im Bett auf sie warten würde und sollte ich schon schlafen, sie mich wecken müsse und schloss meine Ansage mit den Worten: „...denn eine Nacht ohne Gute-Nacht-Kuss von Dir kann keine gute werden. Ich liebe Dich, bis gleich."

Dann ging ich zum Schlafzimmer, öffnete die Tür und stürzte ganz tief.

„Das ist Ralf, wir haben gerade miteinander gevögelt." Dann zeigte Janine in meine Richtung.

„Das Bert, mein Ex."

Ich ging zurück in die Küche.

Ich verbrachte die Nacht im Wohnzimmer auf dem Sofa und konnte natürlich nicht schlafen. Die Kirchturmuhr, die mir bisher nicht weiter aufgefallen war, versorgte mich regelmäßig mit den Zeitangaben. Die Nacht kroch dahin, bis ich endlich die wohl bekannten leichten Schritte hörte, dann das Quietschen der Badezimmertür. Janine hatte wie immer nicht abgeschlossen. Ich stand auf und ging ins Badezimmer.

Verschlafen blickte Janine mich an. Sie saß auf dem Klo und hatte nichts an.

„Wir müssen reden", sagte ich leise.

„Worüber?"

Janine stand auf und wollte an mir vorbeigehen. Ich hielt sie fest und versuchte sie zu küssen.

„Hilfe", schrie sie plötzlich. „Hilfe."

Dann ging alles sehr schnell. Erst kam Horst hereingestürzt, kurz darauf der Neue.

„Er wollte mich vergewaltigen", schrie Janine und schüttelte hysterisch ihre blonden Locken.

Die beiden Männer schlugen mich zu Boden und dann auf mich ein, bis ich schließlich das Bewusstsein verlor. Ich weiß heute nicht mehr, wie lange dieser Zustand anhielt, aber als ich wieder zu mir kam, hatte ich Kopfschmerzen wie noch nie in meinem Leben zuvor. Der Raum, in dem ich befand war dunkel. Ich setzte mich hin und tastete vorsichtig meinen Kopf ab. Klebrige Stellen an den Schläfen und dem Hinterkopf sprachen eindeutig für blutige Wunden. Meine Arme und Beine schmerzten und als ich aufstand, spürte ich die Tritte an meinem Oberkörper ganz besonders an den Rippen. Ich lehnte mich der Stirn an die Wand und beruhigte meinen Atem.

Außerdem war ich nackt. Sie hatten mich ausgezogen. Mir wurde schlecht und ich hatte das Gefühl, gleich kotzen zu müssen. Ich tastete mich zur Wand vor und dann diese ab. Der Raum war gekachelt und als ich nacheinander erst an ein Waschbecken und dann an eine Waschmaschine stieß, war mir klar, dass es sich um die Waschküche in Janines Keller handelte.

Ich kotzte in das Waschbecken. Danach ging es mir etwas besser. Ich tastete mich anschließend bis zur Tür vor. Sie war verschlossen. Der Lichtschalter ließ sich zwar drücken, aber ohne Erfolg. Es blieb dunkel.

Die nächsten Tage verbrachte ich in dem lichtlosen Raum, aber ich hatte weniger Angst vor der Dunkelheit, als vor dem, was immer geschah, wenn sich die Tür öffnete und meine Peiniger mich besuchten. Zu essen bekam ich nichts, dafür aber um so mehr zu trinken: Wodka. Wann immer die beiden Männer zu mir kamen – ich verlor recht schnell mein Zeitgefühl, aber ich glaube heute, dass sie mehrmals am Tag zu mir kamen – flößten sie mir eine Flasche ein. Manchmal schlugen sie mich, manchmal nicht. Gerne drückten sie auch ihre Zigaretten auf meinem Körper aus. Wenn sie mich dann am Boden und besoffen ängstlich vor mich hinsabbernd liegen sahen, lachten sie laut und gingen wieder. Das Klacken des Schlüssels bedeutete für mich einige Stunden Ruhe.

Irgendwann, ich lag wieder volltrunken auf dem Kellerboden, gingen Horst und Ralf zur Tür hinaus und ich hörte kein Klacken, nur ihre Schritte auf der Kellertreppe.

Ängstlich traute ich mich aus meinem Verlies heraus und als ich den Hausflur erreicht hatte, hastete ich zur Haustür. Sie war nicht verschlossen und ich rannte auf die Straße und rannte und rannte. Solange, bis man mich einfing.

Nach der Therapie ging es mir gut.
Dann las ich sie wieder, die Aufforderung „RUF´ MICH AN."
Ich schaltete ich Rufnummererkennung ab und wählte ihre Nummer.
„Hallo, hier ist Janine."
Ich legte auf und fuhr zu ihrer Wohnung.

Jetzt liegst Du da auf dem Boden vor mir und ich weiß, dass mein Leben wieder begonnen hat. Aber erst einmal drehe ich mir von Deinem Tabak eine Zigarette und rauche sie ganz in Ruhe, denn wir beiden haben nun alle Zeit dieser Welt.

Du hättest den Hörer nicht abnehmen sollen.

Ich folgte dem Schatten

Ich kannte den Schatten nicht, erwiderte jedoch seinen Gruß. Es war ein langer und schlanker Schatten, von unzweifelhaft männlicher Statur, aber er ging weder einem dreidimensionalen Körper voran, noch folgte er einem solchen. Er war allein unterwegs.

Irritiert schaute ich ihm hinterher. Möglicherweise spürte er diesen langen fragenden Blick, jedenfalls hielt er in seiner Bewegung inne und drehte sich zu mir um.

Er gab mir ein kurzes Handzeichen ihm zu folgen.

Ich folgte dem Schatten und ein unaufmerksamer Beobachter könnte ihn glatt für meinen eigenen gehalten haben. Mit einem schnellen Blick über die Schulter vergewisserte ich mich der Anwesendheit meines eigenen Schattens. Nun wusste ich, dass ich nicht allein unterwegs war. Mit dem fremden Schatten. Das machte mich sicherer.

Wir verließen die Innenstadt, durchquerten den Stadtpark und als wir das Freibad links liegen ließen, konnte es nur noch ein Ziel geben: Den katholischen Friedhof.

Zum Glück bin ich Protestant, dachte ich und betrat kurze Zeit später den katholischen Friedhof. Zielsicher ging der Schatten seinen Weg. Er schien ihn gut kennen.

Wir näherten uns dem hinteren Teil des Friedhofes, der in diesem Abschnitt einem alten Park ähnelte. Hinter der alten Friedhofsmauer, die dicht mit Efeu bewachsen war, lag schon das Kraftwerksgelände. Vor einem Grabstein, der mit Bergmannsinsignien versehen war, hielt der Schatten inne, drehte sich zu mir, als wolle er mich ansehen und verschwand.

Hermann Emmerich war in den fünfziger Jahren jung verstorben, kurz vor seinem siebenundzwanzigsten Geburtstag. Sein Grab, das war offensichtlich, war lange nicht gepflegt worden. Unkontrolliert wucherten einige Stauden im dichten Unkraut, selbst jetzt im Frühling gab es auf dem Grab keine Pflanzen, die Blüten trugen.

Am nächsten Tag traf ich ihn wieder. Und wieder folgte ich dem Schatten zu dem traurigen Grab des jungen Bergmannes. Auch an diesem Tag ließ mich der Schatten dort allein zurück.
Zu Hause recherchierte ich im Internet nach Informationen über Hermann Emmerich. Eine Schlagwetterexplosion hatte ihn und fünf seiner Kumpel das Leben gekostet. Er jedoch war der einzige ohne eigene Familie gewesen. Hatte keine Witwe und Waisen hinterlassen. Nur seine Mutter, die selber verwitwet war und bei der er noch wohnte.

Wenn ein Fußballspiel angepfiffen wird, wissen wir, dass es in der Regel neunzig Minuten dauert. Manchmal wird nachgespielt oder verlängert.
Irgendwann jedoch ist regelkonform Schluss und der Schiedsrichter pfeift ab. Dann verlassen wir das Stadion. Oder schalten den Fernseher aus. That´s all.
Im wahren, dem richtigen Leben ist das nicht Fall. Kein Mensch weiß, wann und wo der Abpfiff erfolgen wird.
Die Grabsteine in seiner Reihe trugen alle den gleichen Todestag.

Er wartete an diesem Morgen bereits vor meiner Haustür und wieder gab er mir das Zeichen ihm zu folgen, doch ich hatte keine Zeit, ich musste noch einkaufen. Der Schatten schien verärgert und folgte mir noch einige Meter, aber da auch mein Schatten sich nicht mit ihm beschäftigte, verließ er uns bald grußlos.

An diesem Samstagmorgen fuhr ich mit dem Wagen zum katholischen Friedhof, packte meine Gartengeräte und einige Pflanzen aus dem Kofferraum in eine bereitstehende Schubkarre und suchte das Grab des Hermann Emmerich. Ich jätete, grub um, pflanzte und goss. Zwei Stunden später fuhr ich wieder nach Hause.

Vor der Tür wartete der Schatten auf mich, grüßte und gab mir das Zeichen ihm schnell zu folgen. Er wirkte ungeduldig und aufgeregt. Bald betrat ich zum zweiten Male an diesem Tage den katholischen Friedhof und stand erneut vor dem Bergmannsgrab.

Andächtig verharrte der Schatten vor dem Grab, nach einigen Sekunden machte einige schnelle Schritte und legte sich dann langsam und äußerst vorsichtig auf das frisch geharkte Beet. Bevor er verschwand grüßte der Schatten noch einmal. Ich kannte den Schatten und erwiderte seinen Gruß.

Wie viele Leben hat Katze

Es gibt bestimmte Dinge im Berufsleben, die Gesetzmäßigkeiten unterliegen. Zwei davon sind, dass Meetings 1. immer zur unpassenden Zeit angesetzt werden und 2. ihr Ende dann jedoch nicht einzuschätzen ist.

„Denk´ an die Einladung bei meinen Eltern." Diese Worte hatte Clara mir an diesem Freitag mit auf den Weg zur Arbeit gegeben. Natürlich hatte ich daran gedacht und weil ich wusste, dass es ihr und wohl auch meinen Schwiegereltern wichtig war, dass die Familie beim traditionellen Sommerempfang für Freunde und Verwandte (welch interessante Differenzierung) vollständig versammelt war, hatte ich an diesen Freitag meinen Terminkalender frei von Eintragungen gehalten. Jedenfalls bis zu dieser e-mail aus Hamburg:
„Meeting Freitag um 10 Uhr. Ort: Niederlassung Dortmund. Thema: Marketingkampagne für die DFL. Gruß Phil"
Diese kurze Nachricht beinhaltete eine gute und eine schlechte Nachricht: auf der einen Seite war der Freitag nunmehr kaum planbar geworden, aber immerhin hatte ich ein Heimspiel erwischt und musste meine familiären Verpflichtungen nicht von vornherein zu den Akten legen.
Mit Clara hatte ich nicht über das Meeting geredet. Ich meine, wozu hätte ich das tun sollen? Es hätte weder etwas am Zustandekommen noch am Ablauf der Besprechung geändert. Es hätte höchstens und das mit größtmöglicher Wahrscheinlichkeit nur zu einem weiteren Streit geführt.

Immerhin begann das Meeting pünktlich und wir handelten die ersten Tagesordnungspunkte so zügig und konzentriert ab, dass mich die Hoffnung auf das Erreichen des Zuges nach Münster um 18:36 Uhr (sollte ich diesen Zug erreichen, würde ich es schaffen, pünktlich gegen 20:00 Uhr bei meinen Schwiegereltern zu sein) streifte. Gut, es würde dennoch Stress mit Clara geben, die dann alleine zu ihren Eltern hinfahren müsste, denn ich würde direkt mit dem Taxi weiter nach Gievenbeck fahren und wir würden nicht gemeinsam, so wie sich auf dem Lande nun einmal gehört, dort eintreffen.

Als es dann aber um den Logoentwurf ging, hatte ich das Gefühl von Wahnsinnigen umgeben zu sein und sie alle zerrten mit ihren endlos langen Diskussionsbeiträgen um meist weniger als Nichtigkeiten an dem dünnen Faden herum, an dem der erfolgreiche Start in mein ohnehin karges Privatleben an diesem Wochenende hing.

Ich erreichte den Dortmunder Hauptbahnhof kurz nach halb Acht, hastete eilig durch die Menschenmassen (in Bahnhöfen merkt man erst, wie viele verschiedene Menschen es wirklich gibt und das es verdammt viele sind) in Richtung Bahnsteig 21 a/b, nahm, entgegen meiner sonstigen Art und Weise des eher zurückhaltenden Auftretens, keine Rücksicht auf die Passanten um mich herum und war tatsächlich noch pünktlich am bereitstehenden Zug. Etwas außer Atem ließ ich in meinen Sitz in der ersten Klasse – ja, ich fahre erster Klasse, denn ich nutze meinen Arbeitsweg gerne zum konzentrierten Arbeiten oder auch nur entspannten Zeitung lesen - sinken und schloss die Augen. Ich musste kurz eingenickt sein und als sich der Lünener ruckartig in Bewegung setzte und ich die Augen öffnete, blickte ich in das freundlich lächelnde Gesicht eines Mitreisenden.

„Bitte, bitte kein Gespräch", dachte ich mir, ein Freitag mit einem unendlichen, kurzfristig anberaumten Meeting hinter und eine Gartenparty meiner Schwiegereltern noch vor mir reichte an Kommunikation.

Mein Gegenüber lächelte mich immer noch an. Ich fühlte mich beobachtet und unwohl, aber lächelte trotzdem zurück. Der Lächelnde verstand dies offensichtlich falsch, als Einladung zum Gespräch.

„Fahren Sie auch nach Münster?"

Danke, das war es also mit meiner Stunde Ruhe und Erholung im Nahverkehr.

Ich nickte ihm zu und sagte: „Ja."

„Und dann, fahren Sie dann noch weiter oder ist dort für Sie Endstation?"

„Endstation."

„Ach was bin ich unhöflich", sagte er fröhlich und schlug sich mit der flachen Hand an die Stirn. „Ich frage Ihnen hier Löcher in den Bauch und dabei habe mich noch nicht einmal vorgestellt. Ich bin Katze, Herrmann Katze."

Mit diesen Worten stand Herr Katze auf und reichte mir seine Hand.

Was blieb mir übrig, als ebenfalls aufzustehen, die angebotene Hand einzuschlagen und mich vorzustellen.

„Angenehm", sagte Herr Katze, wir setzten uns und er lächelte mich wieder an.

Ich wollte eigentlich meine Ruhe und keinesfalls eine Unterhaltung, aber da war nicht nur dieses freundliche Lächeln, das mich berührte, sondern eine unbeschreibliche positiv geartete Ausstrahlung ging von diesem Menschen aus, der mir da im Abteil gegenüber saß und als mich diese im Moment unseres Händedruckes erreichte, wusste ich, dass ich die Unterhaltung fortsetzen wollte.

„Und Sie, wollen Sie auch nach Münster?"

Herr Katze schaute einen Augenblick aus dem Fenster und wandte sich mir dann wieder zu.

„Nein. Ich habe Münster schon probiert, dort ist kein Platz für mich. Ich muss noch weiter."

Ich verstand die Antwort nicht und eine Zeitlang blickten wir schweigend aus dem Fenster. Es regnete, als wir in Preußen hielten und Herr Katze das Gespräch wieder aufnahm.

„Wie viele Leben hat Katze?"

Ich hatte gerade an Clara und den unvermeidlichen Wutausbruch im Anschluss an das Fest ihrer Eltern gedacht. Sie hasste es, wenn ich mich verspätete, würde mir aber im Beisein Dritter niemals eine Szene machen, denn die Fassade einer heilen Welt vor sich herzutragen war ihr immens wichtig. Aber im Grunde schien sie ohnehin alles zu hassen was ich tat, außer sie hatte es mir aufgetragen und ich hatte alles zu ihrer Zufriedenheit erledigt. Das war nicht oft der Fall.

„Neun", antwortete ich überrascht.

„Dann habe ich ja noch einige vor mir", sagte Herr Katze und lächelte wieder.

Ich schaute ihn irritiert an.

„Bei neun Leben habe ich eine große Chance ein Leben zu finden, dass mir gefällt und in dem alles zusammen passt."

„Wie meinen Sie das?"

„Nun, es gibt Momente im Leben, da will man die Situation, in der man sich befindet, beenden. Manchmal ist das ganz einfach, manchmal aber auch nicht. Ein Beispiel: Ist eine Beziehung kaputt, kann ich mit 16 Jahren kann ich eine Freundin problemlos sitzen lassen, ist sie Mitte Dreißig und hat ein paar Kinder mit mir, wird es schon schwieriger. Es gibt unendlich viele Beispiele für unerträgliche Lebenssituationen. Und je nach Typ und jeweiliger Verfassung zieht man dann die Konsequenzen. Mitunter sind diese in ihrer Auswirkung durchdacht, oft sind es aber auch Kurzschlusshandlungen. Das führt nicht nur zu Mord und Totschlag sondern auch zu dieser hohen Selbstmordrate, die es hier, in einem Land gibt, in dem niemand hungern müsste und wo auf hohem Niveau heftigst geklagt wird. Ist es nicht so?!"

Ohne eine Antwort abzuwarten fuhr er fort: „Bei mir ist es anders: Wenn ich nicht mehr weiter kann oder keinen Ausweg weiß, dann setze ich mich in den Zug und verlasse mein bisheriges Leben."

„Aber wenn das Neue nicht besser ist", warf ich ein.

„Man weiß zum Glück nie, wie es im Alten weitergegangen wäre. Zudem gibt es ja auch Rückfahrkarten." Er lächelte mich dabei sanft an.

„Das wiederum klingt plausibel. Aber ist Flucht die richtige Lösung von Problemen?"

„Sind Katastrophen vorzuziehen?"

Es regnete noch immer, als wir die Münsteraner Peripherie erreichten. Ich schaute nachdenklich aus dem Fenster und freute mich plötzlich auf das Sommerfest mit all seinen möglichen Auswirkungen.

Ich wollte mich wieder meinem Gegenüber zuwenden und den Gedankenaustausch fortsetzen, aber als ich hochschaute, war Herr Katze geräuschlos verschwunden.

Bahnsteig Werne

Der Weg vom Seniorenstift Johannes zum Bahnhof Werne war nicht besonders weit. Es mochten vielleicht zwei Kilometer sein, aber Martha war erschöpft, als sie dort ankam. Sie war diesen Weg schon lange nicht mehr gegangen und stand nun außer Atem auf dem Bahnhofsvorplatz. Bis zum Bahnsteig trennten sie noch die Stufen, die im Inneren des heruntergekommen Bahnhofgebäudes auf sie warteten. Sie würde eine Pause brauchen, um den Weg sicher schaffen zu können. Die alte Frau schaute auf die Bahnhofsuhr und stellte fest, dass noch genügend Zeit dafür blieb und setzte sich auf einer der Parkbänke. Sie war schmutzig und verwittert, der Rücklehne fehlte eine Holzlatte, aber Martha achtete nicht darauf.

Nach einer Viertelstunde stand Martha auf und ging, ohne sich eine Fahrkarte am Automaten zu ziehen, der vor dem Gebäude stand, durch die Holztür mit der zerbrochenen Glasscheibe in das Bahnhofsinnere.
Es roch nach Urin und sie war froh, als sie die Treppe zu den Bahnsteigen erreichte. Dort oben würde alles besser sein. Die Luft würde frisch in ausreichender Anzahl vorhanden sein. Es war lange her, dass sie hier war, aber das wusste sie bestimmt.

Es war Samstag Vormittag, etwa viertel vor Zwölf, als sich Martha auf dem Bahnsteig Werne auf einer Bank niederließ. An diesem Samstag hatte Borussia Dortmund ein Heimspiel und die ersten Fans warteten schon auf den Nahverkehrszug aus Richtung Münster, der sie nach Dortmund zum Hauptbahnhof bringen sollte. Viele trugen ein schwarz-gelbes Trikot. Die meisten hatten Namen von Spielern auf dem Rücken stehen, andere ihren eigenen oder ihren Spitzname. Viele hatten schon eine Dose Pils, Mixery oder ähnliches in der Hand und diskutierten über das bevorstehende Spiel. Der Sieg war sicher.

Kurz vor Mittag fuhr der Lünener Richtung Münster ein, nur wenige Fahrgäste verließen den Zug und noch weniger stiegen zu.

Als der Lünener Richtung Dortmund pünktlich um sechs nach Zwölf in Werne anhielt, drängelten sich ungefähr fünfzig Fahrgäste – fast ausnahmslos Fußballfans – in die Abteile der Regionalbahn. Niemand stieg aus.
Martha schaute dem Treiben teilnahmslos zu und als der Zug den Bahnhof verließ, saß sie immer noch auf ihrer Bank und wirkte dort wie vergessen, zurückgelassen.

Minutenlang saß sie regungslos auf ihrer Bank und schaute auf die Gleise. Es wurde langsam Frühling und die ersten kleinen Pflanzen bahnten sich ihren Weg durch das Gleisschotter.

Erst als die Durchfahrt des Intercity von Dortmund nach Münster angekündigt wurde, stand sie auf und bewegte sich langsam auf die Bahnsteigkante zu. Martha stellte sich mit den Füssen noch vor die weiße Markierung, die den Passanten zeigen sollte, wo der Gefahrenbereich begann. Ganz nah stand sie an den Schienen. Ein Schritt nach vorne nur und sie würde das Gleichgewicht verlieren und zu Boden auf den harten Stahl stürzen. Erwartungsvoll drehte sie sich nach links, dort würde der Zug gleich zu sehen sein und mit seiner vollen Geschwindigkeit durch den Bahnhof Werne rasen. Endlich kam er um die Kurve geschossen. Martha stellte sich noch ein Stückchen näher an die Kante des Bahnsteiges und breitete die Arme aus. Nur noch ein Schritt und sie würde frei sein. Kurz bevor der Zug auf ihrer Höhe war, atmete sie tief ein und hielt die Luft an. Der Sog des durchfahrenden Zuges riss sie fast von den Beinen und die Haare zappelten unruhig im Fahrtwind.

Lange stand sie da und blickte dem davoneilenden Zug nach. Als der Altenpfleger ihr seine rechte Hand auf die Schulter legte, zuckte sie kurz zusammen.

„Kommen Sie, wir gehen nach Hause.", sagte er.

Rückfahrt

Wir hatten das Auswärtsspiel verloren und saßen schon eine Weile schweigend im Abteil.

„Das war´ s wohl endgültig", sagte Ralf.

Jens und Otto nickten ihm zustimmend zu.

Wir hatten heute wieder klar verloren und mit der Niederlage war der Verbleib unseres VfL in der ersten Fußballbundesliga mehr als unwahrscheinlich geworden.

Ich versuchte mich als Optimist: „Wenn wir die letzten drei Spiele alle hoch gewinnen, vielleicht geht da noch..."

Keiner hörte zu.

Otto wollte für die Rückfahrt noch ein paar Bierchen besorgen. Ralf begleitete ihn.

Jens und ich blieben allein im Abteil.

Schweigend sahen wir aus dem Fenster. Es war dunkel und es regnete, wir sahen nicht viel. Dafür war es aber warm. Wir hatten das Fenster geöffnet und wenn wir an Feldern vorbei kamen, roch es nach frischem Gras. Ab und zu fuhren wir durch einen Ort, danach wirkte die Dunkelheit noch finsterer.

„Was machst Du nächste Saison", fragte Jens nach einer Weile.

„Wie meinst Du das?"

„Mit der Dauerkarte. Ralf hat mir erzählt, dass Du wahrscheinlich nicht mehr kommen willst."

Wir saßen seit einigen Jahren in derselben Reihe der Haupttribüne und trafen uns zu den Heimspielen. Es kam selten vor, dass einer von uns ein Spiel verpasste.

Manchmal fuhren wir auch zusammen zu Auswärtsspielen. So wie heute.

„Ich weiß es noch nicht", sagte ich. "Abzusteigen ist schon schlimm, aber eine ganze Saison diese elende Zweitklassigkeit vorgeführt zu bekommen, ich weiß es nicht. Vielleicht gehe ich lieber angeln oder Motorrad fahren. Ich weiß es wirklich noch nicht."

„Ich werde weiter hingehen. Ralf auch. Wir meinen, dass man gerade jetzt treu sein muss. Ich glaube, dass meint man mit „Flagge zeigen". Man kann seinen Verein jetzt nicht einfach im Stich lassen."

Ich dachte kurz darüber nach, wie oft mich diese Mannschaft in den letzten Jahren im Stich gelassen hatte, sagte aber nichts.

„Treue zeigt sich in den schweren Zeiten," setzte Jens nach. „Wenn es gut läuft, ist es einfach."

„Aber muss ich mich wirklich Woche für Woche selbst erniedrigen und von anderen Fans verhöhnen lassen, nur um zu sagen: ich bin treu?"

Dann kamen Ralf und Otto zurück. Wir tranken das Bier und schauten wieder stumm traurig aus dem Fenster.

„Silke hat mich verlassen", sagte Otto irgendwann. „Die Kinder hat sie mitgenommen."

PUNKROCK

NO FUTURE – A SEX PISTOLS FILM. Das Filmplakat hing noch immer im Partykeller meiner Eltern. Ich hatte es irgendwann Ende Anfang der achtziger Jahre auf einem Flohmarkt gekauft und rahmen lassen. Wir beide hatten dann viele Feten erlebt. Ich zwinkerte ihm vertraut zu und das Plakat lächelte zurück. Gut, dass ich es hatte rahmen lassen, ich glaube, es wäre sonst schon lange nicht mehr da. Obwohl, damals hatten sie mich ausgelacht: „Du rahmst ein Filmplakat von den Sex Pistols, das passt nicht. Punkrock und Bilderrahmen. Haha, wie bist Du denn drauf." Aber das war mir egal. Ich fand es schöner und wichtiger mit Rahmen. Natürlich war er schwarz.

Dem Punk folgten andere Musikrichtungen in meiner Platten- und CD-Sammlung, es wurde ruhiger. Aber auch weniger intensiv.

„Wer mit 30 kein Kommunist war, hat kein Herz." Ich zitiere einen Freund meines Vaters.

„Wer mit 20 kein Punk war, hat keine Zukunft." Ich zitiere mich. Vielleicht meinen wir ja auch dasselbe.

„Ach hier bist Du." Mein Sohn hatte mich gefunden. „Wir müssen los, Opa ist schon ganz nervös." Nervös, nervös, sein ganzes Leben war er nervös gewesen und hatte mir den Strom abgedreht, wenn ihm die Musik zu laut war. Aber sie musste laut sein. Wir alle mussten laut sein. Also wurde der Strom abgedreht und ich saß ohne Musik und abends dann auch ohne Licht in meinem Zimmer.

Zum Plakat hatte er nie etwas gesagt, es war schließlich stumm und gerahmt.

Ein schneller Gruß zum Abschied, bis bald. Es nickte mir zu und ich löschte das Licht.

Tanja

Wir hatten Tanja auf dem Straßenstrich kennen gelernt.

Der Taxifahrer hatte uns den Tipp gegeben, in den Silberfisch, er sollte eine Mischung aus Kneipe und Danceclub und überaus Hip und DIE Adresse in Berlin zu sein, zu gehen. Wir stiegen einige hundert Meter vorher aus.
„Ihr geht da runter, an der Synagoge vorbei und nach gut hundert Metern findet ihr den Laden auf der rechten Straßenseite", sagte er. Dann stieg eine Frau mit drei kleinen Kindern und Hund ins Taxi und sie fuhren davon.

Auf dem Weg zur Synagoge sahen wir sie stehen. Junge, meist sehr junge Mädchen mit langen, kurzen, gelockten oder glatten Haaren in allen Farben, mehr oder weniger großen Brüsten, alle jedoch trefflich zur Geltung gebracht durch knappe, tiefausgeschnittene Oberteile. Sie trugen enge Hosen, die meisten waren lang, einige trugen Leggings, die knapp über den Knien endeten und manche Huren zeigten sich in Hot Pants. Oder in beidem. Für kurze Röcke war es jetzt, Ende September nachts wohl schon zu kalt.

Tanja war die letzte auf ihrer Straßenseite, sie stand an der Kreuzung vor der Synagoge. Ihr glattes, blondes Haar reichte bis auf die Schultern und sie trug ihre Variante der Uniform dieser Straße: Enge Jeans, bauchfreies Top und eine weiße Kunstlederjacke. Um die Hüften hatte sie eine grüne neonfarbene Gürteltasche gespannt.

Hans ging auf sie zu.

„Wo ist denn hier noch was los", begann er das Gespräch.

„Bei mir."

Hans lachte laut. Wir anderen schauten eher verlegen in die Runde und Tanja erst gar nicht an.

„Zigarette?" Hans hielt ihr die offene Schachtel seiner Filterlosen entgegen. Sie griff zu und er gab ihr Feuer, bevor er sich selber eine ansteckte.

John, Machiel, Jan und ich gingen weiter. Ab und zu drehten wir uns um und sahen, dass Hans immer noch bei Tanja stand. Worüber sie sprachen, konnten wir schon bald nicht mehr hören. Wenn sie an ihnen zogen, erleuchtete die Glut der Zigaretten die Gesichter in einem orangefarbenen Licht.

Vor der Synagoge standen einige Polizisten herum und langweilten sich hinter den Absperrgittern.

Der Silberfisch entpuppte sich als rustikale Kellerkneipe mit DJ, in der nichts los war. Einige wenige Gästen hingen an den Theken ab und machten den Eindruck schon zu lange dort zu sein. Die Tanzfläche war leer.

Bald standen wir unschlüssig vor dem Silberfisch und während wir die Alternativen diskutierten, stieß Hans doch wieder zu uns.

„Wir gehen zurück zum Hotel, ich habe auf dem Hinweg dort in der Nähe einige nette Lokale entdeckt", entschied Jan.

Auf dem Weg zum Taxenstand ließen wir die Synagoge links liegen.

An der Kreuzung dahinter verhandelte Tanja mit drei Jungs in einem alten roten Polo, stieg aber nicht ein.

„Hallo Tanja", grüßte Hans.

„Na, also doch noch anders entschieden?" Sie lachte.

Dieses Mal blieben wir alle bei ihr stehen und eine Kollegin wechselte interessiert die Straßenseite und stellte sich zu uns. Jan hielt ein Taxi an und als wir einstiegen, zögerte Hans kurz, fuhr aber doch mit.

Wir ließen uns vor dem Hotel absetzen und gingen von dort aus wieder Richtung Alex. Hier irgendwo vermutete Jan die Kneipen, die er am Tag entdeckt hatte. Natürlich fand er sie nun nicht wieder und wir irrten durch Berlin, auf der Suche nach einem Lokal, wo wir noch einen Absacker nehmen konnten. Doch entweder waren die Kneipen schon geschlossen oder genervte Kellner putzten gerade die Theke oder polierten die Gläser oder hatten keine Gäste und alle hatten eines gemeinsam: sie machten nicht den Eindruck an diesem Abend noch welche zu wollen.

„Ganz schön was los hier, in eurer tollen Hauptstadt." Machiel war ein Geschäftspartner aus Holland.

Das Strandbad, direkt hinter der Museumsinsel hatte noch geöffnet, aber dort war es uns zu kalt. Bei einstelligen Temperaturen in Liegestühlen an der Spree sitzen und einen Bierkrug an den klammen Fingern zu halten, schied als Alternative schnell aus.

Also zogen wir weiter. Als Tanja uns sah, winkte sie Hans fröhlich zu und bekam einen Lachanfall.

Wieder fuhren wir mit dem Taxi zum Hotel. Mit einem missmutigen Fahrer, der uns unaufgefordert die Probleme seiner Branche berichtete. Im Hotel setzten wir uns noch an die Bar, tranken Pils und Grappa, Jan seinen Whiskey und redeten noch über dies und das. Aber die Luft war aus dieser Nacht raus. Bald gingen wir zum Aufzug, der uns auf verschiedene Stockwerke verteilte und wünschten uns gegenseitig eine „Gute Nacht".

„Zur Synagoge", sagte ich dem Taxifahrer. Je näher wir ihr kamen, desto unruhiger wurde ich. Noch bevor wir hielten, sah ich sie an ihrer Ecke stehen.

„Ihr schon wieder", lachte Tanja.
„Nein, nur ich. Ich alleine zurückgekommen, die anderen sind im Hotel."
Tanja strich sich eine blonde Strähne langsam aus dem Gesicht.
„Was kann ich dir bieten." Nun klang sie professionell und geschäftsmäßig.
Ich zuckte mit den Schultern.
„Was kostet eine Nacht?"
„Dreißig Euro eine halbe Stunde, Fünfzig für die ganze. Das volle Programm aber mit Gummi, gern auch französisch. Aber ohne Sado-Maso-Spielchen", zählte sie ihre Preisliste auf.
Ich wiederholte meine Frage.
„Was kostet eine Nacht?"
Tanja schaute auf ihre Armbanduhr. Es war kurz nach drei.
„Für hundert kannst du bleiben. Heute ist eh nicht viel los."

Sie wohnte in der Nähe des alten Judenviertels und wir liefen nur zehn Minuten bis wir ihre Studentenbude erreichten.

Den Rest der Nacht saßen wir auf ihrem Sofa und aßen Nussjoghurt mit einem gemeinsamen Löffel aus einem großen Glas.
Irgendwann schlief Tanja doch ein.

Ich deckte sie zu, legte das Geld auf den Couchtisch und ging zurück zum Hotel.

Kindererziehung im Zeichen des Fußballs

Als verantwortungsvolles Elternpaar hat man selbstverständlich die Aufgabe, seine Kinder auf das Leben als solches vorzubereiten.

Dazu gehört neben der Vermittlung der traditionellen Grundwerte eben auch die Grundlagenarbeit für das Überleben in unserer modernen, sich globalisierenden Gesellschaft.

Ein alles übergreifendes Thema ist auch hier die Frage nach dem richtigen Fußballverein. Längst drohen die Gefahren nicht mehr nur in der Hinwendung der eigenen Kinder zu einem verhassten Orts- oder Lokalrivalen (diese haben in den kleinen Städten und Stadtteilen zumeist ohnehin längst fusioniert) oder einem anderen deutschen Verein, den man in der Regel mindestens eine Liga unter sich spielen sehen möchte, sondern auch in einer infantilen Begeisterung für ausländische Vereine oder noch schlimmer: für bestimmte Spieler dieser Vereine[4]. Längst kommen auf den heimischen Bolzplätzen Kids in Trikots aus Mailand, Barcelona oder verschiedener Londoner Stadtteile daher...

Manchmal sind es die Kleinigkeiten, an denen man erkennen kann, ob man in der Kindererziehung versagt oder auf einem guten Wege ist:

---

[4] „Papa, ich brauche ein neues Trikot."
„Warum denn das?"
„Ich bin doch Ronaldofan."
„Ja und? Du hast doch ein Ronaldotrikot."
„Aber Ronaldo ist doch von Chelsea zu Twente Enschede gewechselt."

Leon (vier Jahre alt) geht am Sonntagmorgen zu seinem Freund Lukas (sechs Jahre alt). Auf dem Weg dorthin treffen wir Luca (fünf Jahre alt), der stolz verkündet: „Dortmund hat gewonnen." Zur Antwort fuchtelt Leon (vier, Linkshänder) mit der linken Faust in seine Richtung und brüllt: „GLADBACH!"

Vergangene Woche war ein Photo seiner Kindergartengruppe in der Lokalzeitung abgebildet. Es ging dort um einen Wettbewerb der lokalen Busgesellschaft, bei dem Kindergärten Gurken um die Wette wachsen ließen. Die Kinder standen mehr oder weniger interessiert und stolz um einige noch recht spärlich wirkende Gurken herum. Offensichtlich handelte es sich hier um einen Zwischenbericht.

„Ich habe Deinen Leon gleich erkannt", berichtete mir ein Arbeitskollege, der meinen Sohn zuletzt vor gut zwei Jahren bei einem betriebsinternen Fußballturnier gesehen hatte[5]. „Wilde Locken und Gladbachtrikot."

Ich schwöre: An dem Tag, an dem das Photo gemacht wurde, wusste ich nicht, das an diesem Tag ein Photo gemacht werden würde und Leon hat sich das Trikot, das grüne mit der Jeverwerbung, in dem Gladbach vielleicht etwa mehr als zwei Handvoll Punkte geholt hat, freiwillig und ohne jegliche Versprechungen oder Androhung von Gewalt aus dem Schrank geholt.

Aber natürlich kann nicht immer alles gelingen:

---

[5] Im Italientrikot als Totti. Wir hatten es im Sommerurlaub in Bibione gekauft. Natürlich kein Original, sondern eine dieser vielleicht legal vertriebenen Replikate.

Was ist eigentlich noch schlimmer als der Vater einer Dortmunder oder einer Schalker Doofnase zu sein?

Richtig: Wenn die eigene Tochter Anhänger eines ganz bestimmten Vereines aus Bayern ist.

Um Hannah (zwei Jahre alt) den Stellenwert dieses Vereines aus dem Süden dieser Republik[6] auf der nach unten offenen Sympathiekurve näher zu bringen und ihr rechtzeitig zu vermitteln, auf wessen Seite sie im Leben zu stehen hat, versuchte ich sie in der vergangenen Vorweihnachtszeit rechtzeitig zu konditionieren, indem ich laut „BAAAAAAAAH" rief, als sie mir einen Katalog von „Toys" vor die Nase hielt, auf dessen Titelblatt Puppen[7] im Trikot dieses Vereines prangten.

Wir wiederholten diese Übung einige Tage lang und sie schien auch zunächst erfolgreich zu verlaufen, denn Hannah begrüßte seitdem jeden, den sie im Bayerntrikot sah, ob als Puppe im Katalog, in echt auf der Straße oder im Fernsehen mit einem langgezogenen „BAAAAAAAAH". Leider überzog sie und schenkte nahezu jedem Ballsportler, der ihr unter die Augen kam dieses Kriegsgeheul. „BAAAAAAAAH."

Und dann schaute sie mich ganz stolz an.

---

[6] Ja, genau der, der zu oft Meister wird. Obwohl und das gebe ich hier gerne zu, es mir immer noch lieber ist, dass diese Scheißbayern zum was-weiss-ich-wie-viel-malten deutscher Meister werden (mehr als drei Sterne fürs Trikot gibt es ohnehin nicht zu verteilen), als zum Beispiel Schalke 04 oder Bayer Leverkusen.

[7] Ich meine hier diese Fussballerpuppen im Barbiepuppenformat, die ihren Originalen leider nur entfernt ähnlich sehen, aber glücklicherweise haben sie alle Trikots an, auf deren Rücken ihr Name steht. Beim genaueren Betrachten dieser Puppen überkommt mich unweigerlich die Frage, ob sie genauso geschlechtslos ihr Dasein fristen, wie die berühmten Originale. Wahrscheinlich ist es so und dies ist eine gleichwohl schöne Vorstellung: Olli, das schwanzlose Tier im Tor.

Wahrscheinlich wollte sie damit mir nur eine Freude bereiten.

Immerhin fragt sie abends, wenn sie nach dem täglichen Konsum des Sandmännchens auf dem Kinderkanal, welches mich fatal an den jungen Walter Ulbricht erinnert, ins Bett gehen soll, treuherzig: „Papa, Fuball gucku?"

Auf dem Bahnhofsfest bei uns in Werne wollte ein freundlicher Bahnbediensteter von Leon wissen, wohin er denn gerne einmal mit der Bahn fahren möchte.
„Nach Borussia Mönchengladbach."

Die Nacht des Konstert

Konstert warf einen schnellen Blick nach oben als er vor die Tür seines Hauses trat. Was er sah gefiel ihm: Der Himmel war wolkenverhangen und dunkle Regenwolken machten die Nacht noch finsterer als sie an Neumondtagen ohnehin schon war.

Kein Stern war zu sehen in dieser Nacht, die die Heilige sein sollte.

Dennoch zog er sich die Kapuze seines schwarzen Sweatshirts tief ins Gesicht und ging eilig, die Nähe der Häuserwände schutzsuchend vor dem fahlen Licht der Laternen, die Strasse hinunter. Bald erreichte er die Butenlandwehr, von hier aus waren es nur noch einige hundert Meter bis zu seinem Ziel.

Konstert, der längst Anrede und Vornamen hinter sich gelassen hatte, war diesen Weg schon unzählige Male gegangen, aber an diesem Abend war er so aufgeregt wie schon lange nicht mehr.

Es begann leicht zu nieseln.

Vom nahen Bahndamm hörte er einen Zug aus Richtung Dortmund nahen. Konstert blickte auf die Uhr, sie zeigte kurz vor zweiundzwanzig Uhr. Der Lünener war pünktlich.

„Gut so", freute sich Konstert. In gut zwei Stunden würde Jasmin nach Hause kommen und dann würde er da sein, ganz nah bei ihr.

Wie so oft.

Auch wenn sie es nicht wusste.

Aber in dieser heiligen Nacht würde es sich ändern, er würde sich ihr zeigen.

Sich offenbaren.

Eigentlich konnte Konstert mit Jazz nichts anfangen, aber Jasmin war DJ bei FM Jazz aus Dortmund. Dieser kleine Sender hatte sein Studio in der Bar eines großen Hotels in der Nähe des Westfalendammes, nur wenige Minuten vom Westfalenstadion und den Messehallen entfernt. Dort hatte er sie das erste Mal gesehen. An diesem Abend hatte er sich mit einem Freund (als er noch Herr und mit Vornamen Achim hieß, hatte Konstert noch Freunde) verabredet. Sie wollten in der Bar ein Bier trinken und dann zum BVB gehen. Damals, als dieser noch Champions League spielte.

Konstert wartete auf seinen Freund Jockel und saß in diesem Hotel an der Bar, als FM Jazz pünktlich um achtzehn Uhr, so wie jeden Abend, auf Sendung ging. Und er sah Jasmin, die damals noch die Sendung von achtzehn bis zwanzig Uhr moderierte. Später bekam sie die Abendshow von zwanzig bis dreiundzwanzig Uhr.

Konstert saß also auf seinem Barhocker, hörte die Livesendung und schaute Jasmin zu, wie sie hinter der großen Glasscheibe, in einer Atmosphäre, die einem Aquarium ähnelte, Duke Ellington, Miles Davis, Ray Charles, Bobby Caldwell, Ken Navarro, Eric Marienthal und andere auflegte. An der Theke und auf den Tischen lagen Werbepostkarten von FM Jazz aus und Konstert steckte sich eine davon in die Jackentasche.

Er war vom ersten Augenblick an verloren. Er war verliebt und ging an diesem Abend das letzte Mal mit Jockel zum Fußball.

Konstert war sich nicht sicher, ob er überhaupt schon einmal verliebt gewesen war. Klar, er hatte als Jugendlicher ein paar Mal mit Mädchen auf Partys herumgeknutscht und er war dann auch mit einigen von ihnen ein paar Tage gegangen, aber dieses Verliebt sein hier, das war anders, so neu.

Es schmeckte so gefährlich und aufregend und doch so schön und aufregend.

Er hatte von der ersten Sekunde an Angst, es wieder zu verlieren und so beschloss Konstert, dieses Gefühl für sich zu behalten, denn nur so, da war er sich sicher, konnte es ihm niemand mehr wegnehmen. Nie wieder.

Nach dem Fußballspiel zog Konstert zu Hause die Postkarte aus der Jackentasche.

`www.fmjazz.de`.

Die Botschaft war einfach. Er rief die Internetseite auf und entdeckte den Link, der sein Leben veränderte: Eine Webcam, die alle fünf Sekunden aktualisiert, den DJ bei seiner Arbeit zeigte.

Am nächsten Abend saß Konstert pünktlich um achtzehn Uhr vor dem Rechner und betrachtete die Sendung von Jasmin. Von nun an machte er es sich zur Aufgabe Jasmin näher kennen zu lernen:

Er hörte ihre Sendung täglich.

Er sah ihre Sendung täglich.

Er informierte sich über ihr Privatleben.

Er photographierte sie heimlich.

Er zog nach Werne.

Er lernte Elisabeth Wagner kennen, den Vermieter von Jasmins Wohnung.

Er freundete sich mit Elisabeth Wagner an.

Er kopierte sich dort Jasmins Wohnungsschlüssel.

Er ging in ihre Wohnung.

Er lebte für seinen Traum.

Aber er sprach sie nicht an.

Konstert ging nicht mehr in die Hotelbar. Dort musste er Jasmin teilen und hatte sie nicht für sich allein.

Und wenn dann auch noch Hotelgäste, in der Regel waren diese männlich und geschäftlich unterwegs, anzügliche Bemerkungen bei Bier und Erdnüssen über seine Jasmin machten (und das taten sie oft), wurde ihm ganz schwer ums Herz und er hatte das Gefühl sie verteidigen und ihnen zeigen zu müssen, dass sie zu ihm gehörte. Aber wie sollte er das tun, wenn sie es noch nicht einmal selber wusste.

Vielleicht hielt sie ihn auch für einen solchen Spanner wie die anderen und er war sich sicher, dass sie die geilen Kerle an der Theke im Grunde für solche hielt.

Von dem Tag an, als er diesen Gedanken hatte, blieb er dem Hotel fern.

Die alte Wagner war über die Feiertage zu ihren Kindern nach Bayern gereist. Das war gut so. Auf diese Art kam Konstert in dieser heiligen Nacht um den Abendtee mit der alten Dame, der das Haus gehörte, in dem Jasmin wohnte, herum.

Konstert betrat rasch das Haus, in dem Elisabeth Wagner die obere Etage an Jasmin vermietet hatte. Obwohl er sich allein in diesem Haus wusste, schlich Konstert langsam und leise die Treppe zur Wohnung seiner Angebeten (das war sie tastsächlich, er hatte sich einen kleinen Schrein zu Hause aufgebaut, in dessen Mitte ein Photo von Jasmin stand), schloss die Tür auf und hastete hinein.

Dann lehnte er sich mit dem Rücken an die mittlerweile wieder geschlossene Tür und beruhigte seinen Puls.

Er machte kein Licht, ging er aber dennoch sicher durch die Räume der Wohnung, im Badezimmer hing noch der Duft von ihrem Parfum im Raum. Gierig holte Konstert Luft und sog ihn in sich auf.

Nachdem er die Räume in Ruhe (denn er hatte ja noch ausreichend Zeit bis zu ihrer Heimkehr) durchschritten hatte, begab sich Konstert in das Versteck. Es war auf dem Dachboden, den man vom Hausflur erreichen konnte. Dort hatte schon viele Nächte verbracht und durch die kleinen Löcher, die er vorsichtig in die Holzvertäfelung gebohrt hatte, hatte er seine Jasmin beobachtet. Nur das Badezimmer und die Toilette waren tabu gewesen.

Nachts, wenn sie schlief, beobachtete er sie und passte auf sie auf. Im Morgengrauen verließ er das Haus dann wieder, aber nicht, ohne vorher die Gucklöcher mit Knetgummi wieder gefüllt zu haben.

Konstert pulte das Knetgummi aus den Löchern und blickte lange in die Wohnung hinab. Es war ein Blick zum Abschied aus seinem Versteck, denn heute war die heilige Nacht. Er dichtete die Löcher wieder ab, ging zurück in ihre Wohnung und setzte sich in den kleinen Rattansessel in Jasmins Schlafzimmer, auf den sie abends häufig ihre Kleidung achtlos hinwarf. Hier wollte er auf sie warten und ihr seine Liebe gestehen.

Das persönliche Zeitempfinden ist relativ. Wenn der BVB in seinem früheren Leben zurücklag, rannte die Restspielzeit gnadenlos schnell herunter, lag man aber knapp in Führung, wollte das Spiel kein Ende nehmen und der Uhrzeiger sich kaum fort bewegen.

Es kam Konstert vor, als hätte er Ewigkeiten in diesem Rattansessel verbracht, als sich endlich die Haustür öffnete.

Aufgeregt horchte er in den Flur, wo würde sie jetzt hin gehen?

Sollte er hier warten oder ihr aber entgegengehen?

Wäre es besser Licht anzumachen?

„Komm herein, beeil' Dich", sagte Jasmin.

„Hier wohnst du also", hörte er eine fremde Männerstimme sagen.

Onkel Arnold im Solebad

Es war schon ungewöhnlich, dass ich an diesem Samstag ins Solebad ging. Aus verschiedenen Gründen, deren Aufzählung hier nichts verloren hat, gehört es nicht zu meinen Lieblingsaufenthaltsorten in unserer Stadt.

Noch ungewöhnlicher war jedoch, dass ich dort Onkel Arnold traf.

Dass er eine Badehose trug war wiederum sehr sehr UNGEWÖHNLICH.

„Komm Kleiner, wir gehen einen Kaffee trinken", lud er mich ein, als wir uns im Soleaußenbecken trafen.

Onkel Arnold wirkte nicht erstaunt, mich zu treffen. Eher erfreut.

Ich nickte zustimmend.

Onkel Alfred winkte in die Runde, so als würde er hier jeden kennen oder zumindest davon ausgehen, dass ihn jeder der Anwesenden kennen würde.

„Ich gehe schnell mit meinem Neffen einen Kaffee trinken", rief er in den Dunst über dem salzhaltigen Wasser.

„Is′ klar. Bis gleich", kam die Antwort aus einer Viergruppe, die mir bislang nicht weiter aufgefallen war. Sie saßen eng beieinander in einer kleinen Bucht, gleich neben den Treppen zur Liegewiese, die jetzt, mitten im Winter ausgestorben vor sich hin frostete.

Die gutgelaunte asiatische Bedienung brachte uns die bestellten Kännchen Kaffee. Sie war so gut gelaunt, dass ich nicht über den Lippenstift an meiner Tasse moserte. Statt dessen trank ich halt falsch rum, mit dem Henkel nach links.

„Du hier?" Ich war tatsächlich erstaunt, den Bruder meiner Mutter hier zu treffen. Onkel Arnold war bekannt dafür, sich in der Öffentlichkeit nicht auszuziehen. Ausziehen ist in diesem Zusammenhang die falsche Vokabel, denn er krempelte vor Dritten normalerweise nicht einmal die Ärmel seines Hemdes hoch.

Lange Hosen. Lange Ärmel. Immer Socken. Das waren im Laufe der Jahre seine Markenzeichen geworden.

Auch im Hochsommer.

Selbst als Kind wollte Arnold nicht mit anderen Heranwachsenden schwimmen gehen. Wenn es warm war in den Sommernächten im Münsterland stieg er hin und wieder nachts ins Freibad ein. Bis man ihn erwischte. Die Scham gesehen worden zu sein oder der Riemen meines Großvaters sorgten dafür, dass er seit dem nicht mehr schwimmen gegangen war.

Dieses Nichtausziehen hatte dazu geführt, dass Onkel Arnold im Schulsport eine eigene Kabine erhielt, so musste er sich nicht vor anderen Ausziehen oder noch schlimmer: Duschen. Völlig nackt womöglich.

Arnold war auch nicht bei der Bundeswehr. Er ist wahrscheinlich der Einzige, der bereits im Laufe seiner Musterung ausgemustert wurde, denn mein Onkel weigerte sich unter Tränen beharrlich die Kleidung abzulegen. Und wie soll man jemanden in Hemd und Hose auf Hämorriden untersuchen. Diese Aufgabe war zuviel für das Kreiswehrersatzamt in Coesfeld. Sie ahnten womöglich den Ärger, den es mit der Kasernierung meines Onkels geben würde und ließen ihn laufen. Wie gesagt: Sie schickten ihn bereits während der Musterung heim.

Um es auf den Punkt zu bringen: Mein Onkel Arnold hatte einen deutlichen Schlag schräg. In dieser Hinsicht auf jeden Fall.

Wie sich diese Psychose auf sein Beziehungsleben zum anderen Geschlecht auswirkte, bedarf, so denke ich, keiner weiteren Erläuterung.

Seine große Leidenschaft wurden später Hunde. Jagdhunde.

„Ich bin erstaunt...", begann ich.

„...Dich hier zu treffen", setzte Arnold meinen Satz fort.

„Ja", antwortete ich wahrheitsgemäß und rührte verlegen in meiner Tasse mit dem Lippenstift. Er war rot. Der Lippenstift.

Im Radio jammerten die Spice Girls vor sich hin. Zum Glück recht leise.

„Diese Leute da draußen, im Becken. Die vier hast Du ja gesehen?"

Ich nickte. Gesehen war vielleicht der falsche Begriff, ich sie vielmehr in den Nebelschwaden erahnen können. Wie sie dort saßen. Eng beieinander gekauert.

„Das ist meine Selbsthilfegruppe."

„Deine was?"

„Selbsthilfegruppe."

Ich blickte ihn erstaunt an.

Nach der Sache mit Hatto meinte Deine Tante Anne, dass ich ein wenig Ablenkung gebrauchen könnte und sie schickte mich zur Volkshochschule. „Such Dir einen netten Kurs aus", hatte sie mir mit auf den Weg gegeben. Anfangs war ich ja skeptisch.

Aber sie hatte Recht, der Besuch der Volkshochschule sollte mein Leben verändern.

Er nannte es lapidar „die Sache mit Hatto". Dabei hatte sogar EINS LIVE darüber berichtet.

Mein Onkel war mit Tante Anne, die wie er auch in Lüdinghausen wohnte, nach Oberhausen ins Centro gefahren. Mit dabei: Hatto, sein alter Jagdhund. Dieser ging dort in die ewigen Jagdhundgründe ein, indem er einfach umfiel. Aus. Ende. Der Hasenjagd.

Onkel Arnold war erschüttert und seine Schwester übernahm das Kommando. „Wir müssen das Tier irgendwie nach Hause kriegen. Steh nicht dumm rum. Besorg uns eine Kiste." Die Lösung des Logistikproblems erschien nach einigem Suchen bei SATURN in Form eines jungen Verkäufers, der dem Rücknahmesystem der INTERSEROH AG eine Verkaufspackung für Fernseher entzog und gemeinsam mit Onkel Arnold Hatto darin unterbrachte.

„Man weiß ja nie", hatte er noch gesagt und für alle Fälle den Karton ordentlich mit Klebeband gesichert.

Tante und Onkel schoben nun den Karton durch das an diesem Samstagnachmittag prall gefüllte Einkaufszentrum. Richtung Parkhäuser.

„Bitte. Können Sie mir bitte Geld wechseln." Der ausländisch wirkende Mann[8], der die beiden ansprach, hatte es

---

[8] Egal, wie die Geschichte weitergeht. Hier sollen keine Emotionen gegen Ausländer oder andere Minderheiten geschürt werden, ich beschränke mich lediglich darauf, zu erzählen, wie es sich tatsächlich zugetragen hat. Besser gesagt, ich erzähle die Wahrheit und diese habe ich von Onkel Arnold höchstpersönlich berichtet bekommen.

offensichtlich eilig und war in zahlreicher Begleitung unterwegs. Männer. Kinder. Frauen. Alle Altersklassen.

„Bitte." Dabei wedelte er mit einem Fünfer Onkel Arnold vor der Nase herum. „Eilig. Haben eilig." Und mein Onkel wäre nicht mein Onkel, ließe er sich von dem Stress nicht unter Duck setzen. Hektisch suchte er sein Portemanie und die Hosentaschen nach Wechselgeld ab. Vergeblich.

„Wechseln. Bitte wechseln."

„Ja wie denn. Ich habe kein Kleingeld." Dann guckte er hilfesuchend seine Schwester an. Sie schüttelte den Kopf. „Nein. Wir können Ihnen das Geld leider nicht wechseln. Leider. Wirklich." Alte westfälische Schule. Immer höflich.

„Egal. Egal. Wir gehen." Der nach wie vor ausländisch wirkende Mitbürger gab ein Zeichen in die Runde der anderen Mitbürger und wie von einer fixen Zauberhand weggewischt waren sie verschwunden.

Und mit ihnen der Fernsehkarton.

An der Glastür hing ein Plakat mit der Ankündigung eines neuen Kurses: IN DER GRUPPE DUSCHEN LERNEN FÜR NOTORISCHE ALLEINDUSCHER und etwas kleiner darunter stand AUCH FÜR UNTERHOSENDUSCHER GEEIGNET. Wahrscheinlich hatte Anne einen anderen Kurs gemeint, als sie sagte, dass ich einen Kurs in der Volkshochschule besuchen sollte. Basteln, Kochen, Batiken für Protestanten oder so etwas ähnliches. Aber dieser Kurs hörte sich inhaltlich vernünftig an und außerdem begann er in zehn Minuten. Ich entschied mich kurzerhand zur Teilnahme und suchte Raum neunundsechzig.

Willkommen:

IN DER GRUPPE DUSCHEN LERNEN FÜR NOTORISCHE
ALLEINDUSCHER AUCH FÜR UNTERHOSENDUSCHER
GEEIGNET

stand auf der Tafel im Schulraum.
Außer mir saßen noch vier weitere Männer auf Holzstühlen und
blickten verlegen zu Boden.
Draußen begann es zu regnen.
Dann öffnete sich die Tür und ein Typ Marke Soziologiestudent
im vierundzwanzigsten Semester[9] begrüßte uns: „Hi, ich bin
der Harald. Euer Kursleiter. Alles easy?"
Er bekam keine Antwort. Wir blickten nun alle noch
angestrengter zu Boden. So angestrengt, als gelte es, dass
Muster des alten abgelaufenen Parketts auswendig zu lernen.
Der Regen wurde stärker.
„Hey Leute. Nehmt doch mal Eure Stühle und bildet einen
Kreis. Ja."
Wir bildeten einen Kreis. Einen großen und lernten ein neues
Parkettmuster auswendig. Harald setzte sich mit seinem Stuhl
zwischen uns. Wahrscheinlich wollte er damit zeigen, dass er
dazu gehörte. Dann sollten wir uns alle vorstellen. Den Anfang
machte der Harald selber. Um uns die Scheu zu nehmen, wie er
sagte.
Nach seiner Präsentation animierte er uns, zu applaudieren,
das gehöre dazu und würde das Selbstwertgefühl das

---

[9] Ich lege Wert auf die Feststellung, in dieser Geschichte willkommene
Klischees nicht nur auf Ausländer anzuwenden.

Vortragenden steigern, denn ein Stück von sich preis zu geben sei nun wirklich nicht einfach.

Nach Harald stellte sich der Juppes vor. Applaus. Dann der Franz, Applaus, danach der Kasper, Applaus. Zum Schluss war ich an der Reihe. Applaus.

Nun wussten wir, mit wem wir es zu tun hatten und der Kurs war für heute zu Ende. Ich ging trotzdem wieder hin.

Zum zweiten Treffen sollten wir Handtücher mitbringen. Ich war voller Sorge, doch sie war umsonst, denn der Harald ließ sie nur an einen Haken hängen. Über dem Haken hatte er Namensschilder von uns angebracht. Wie im Kindergarten, Außerdem hatte er mit einem dicken Edding eine Dusche an die Wand gemalt und wir stellten uns abwechselnd davor auf. Natürlich in Straßenklamotten.

Eine Woche später übten wir trocken duschen vor der aufgemalten Dusche. In Unterhemd, Unterhose und Socken. An diesem Abend beschloss ich, den Kurs nur noch in frischer und dunkler Unterwäsche zu besuchen.

Bald war es soweit, der Harald plante mit uns einen Ausflug. Ins California nach Rünthe, dem Fitnessstudio im Hafen.

„Ich kenne Jürgen seit meiner Schulzeit. Wir bleiben absolut unter uns", hatte der Harald uns versprochen.

„Absolut unter uns" hieß, ein erstes gemeinsames Duschen der Selbsthilfegruppe. Nackt. Völlig nackich.

Sogar Adiletten waren verboten.

„Ihr müsst nackt sein. Sonst funktioniert die Therapie nicht", hatte der Harald eine entsprechende Anfrage von Juppes beantwortet.

Da standen wir nun in Rünthe, duschten verlegen vor uns hin und waren froh, als wir uns endlich in die mitgebrachten Bademäntel hüllen konnten.

Niemand sprach ein Wort. Selbst der Harald blieb stumm.

Nachdem wir uns angezogen hatten, gingen wir zum Jugoslawen im Erdgeschoss ein Bier trinken. Es wurden einige mehr. Und zuviel.

Der Trip jedoch war erfolgreich. Wir wollten nun mehr und verlangten, unter Menschen zu kommen.

Der Harald plante nun den ersten Schwimmbadaufenthalt. Auswärts. In Hamm, im Maximare.

An diesem Tag hätten wir fast den Kasper verloren. Er verschwand nach dem gemeinsamen Besuch der Riesenrutsche. Zum Glück fanden wir ihn in der Damendusche wieder. Der arme Kerl war völlig verstört.

„Bist Du schwul", fragte der Harald feinfühlig, als er Kasper in der Ecke kauernd, die Arme um die angezogenen Knie geschlungen, gefunden hatte.

„Nein."

Ein Blick in die Runde reichte, um Kasper zu verstehen: die Diätgruppe der Weight Watchers hatte ihren Kurs ins Maximare verlegt.

„Steh zu Dir selbst. Neues Bewusstsein." So hieß der Slogan und entsprechend präsentierte sich die Tonnengruppe frei und zügig in dem Duschraum, in welchen Kasper sich verlaufen hatte.

Ein durchaus traumatisches Erlebnis.

„Und nun das Solebad. Das ist doch toll", sagte ich, tatsächlich mit einem Anflug von Anerkennung zu meinem Onkel Arnold.

„Aber das ist noch lange nicht das Ende der Fahnenstange."
Onkel Arnold strahlte mich begeistert an. „So, nun muss ich
zurück zu den anderen Aktivisten. Wir müssen noch planen."

WARNHINWEIS

DIE FOLGENDEN SEITEN SIND FÜR KINDER UND JUGENDLICHE UNTER ACHTZEHN JAHREN SOWIE MEINE MUTTER NICHT GEEIGNET.

Inga ist lesbisch

Inga ist lesbisch.

Das ist gut, denn das erleichtert ihr die Arbeit.

Inga ist Gelegenheitsprostituierte.

Man kann nicht sagen, dass Inga Männer vollständig ablehnt oder abstoßend findet, es ist nur so, dass sie sich sexuell zu Frauen hingezogen fühlt und sich die große Liebe nur in einer Verbindung mit einer Frau vorstellen kann.

Nun gibt es nicht so viele Frauen, die sich für eine schnelle Nummer eine Frau nach Hause kommen lassen, also hat Inga in der Regel mit Männern Verkehr. Das stört sie aber nicht, immerhin, so sagt sie, bleibt dann der Respekt vor Frauen größer. Auch wenn der Akt als solcher mit Frauen schöner wäre.

Inga heißt bürgerlich Renate, Inga ist ihr Künstlername. So wie Manager Anzüge als Arbeitskleidung tragen oder Fleischerfachverkäuferinnen weiße Kittel, die im Unterschied zu Apothekerkitteln keine Ärmel haben, ziehen sich Nutten zur Arbeit aus. Inga ist Renates Arbeitskleidung, die ihr hilft, die Rolle einzunehmen, in die sie schlüpft, wenn sie arbeiten geht.

„Der Mann möchte nicht erkannt werden", erklärte Jasmin, Ingas Zuhälterin, ihr den nächsten Auftrag am Telefon. „Du sollst heute Nachmittag Punkt 16 Uhr ausgezogen auf dem Bett in Zimmer Nummer Neun des Kurhotels am Solebad liegen. Bei geschlossenen Gardinen und ohne Licht. Der Raum muss absolut verdunkelt sein. Dein Kunde will keinesfalls erkannt werden. Hast du das verstanden?"

„Klar, aber du bist dir sicher, dass es kein Date mit Graf Dracula ist?" Inga versuchte es mit einem Scherz.

„Nein."

„Egal, ich mache den Job trotzdem."

Inga hatte mittags den Zimmerschlüssel aus ihrem Briefkasten gefischt. Zusammen mit ihrem Honorar. Jasmin zahlte in der Regel im voraus, das war gut und erleichterte die Zusammenarbeit.

Inga war gerne pünktlich, meistens war sie sogar überpünktlich und mindestens eine Viertelstunde zu früh an den verabredeten Treffpunkten.

So war es auch heute.

Es war noch nicht einmal fünfzehn Minuten vor Vier, als sie das Zimmer aufschloss. Sie hatte sich heute förmlich durch die Lobby des Hotels hindurchquetschen müssen. Aufgeregte Teenager mit ihren meist noch aufgeregteren Eltern warteten auf den Einlass zu einem Casting für eine Fernsehshow. Einige der Männer erkannte Inga wieder. Diese waren dann noch aufgeregter, obwohl sie sie nicht grüßte.

Das Zimmer war schon verdunkelt und obwohl draußen ein herrlicher Sommernachmittag seinen Lauf nahm, war die Luft im klimatisierten Hotelzimmer recht kühl. Inga fröstelte ein wenig. Sie ging ins Badezimmer, zog sich aus, hängte ihre Kleidung sorgfältig gefaltet über den Badewannenrand und ging noch einmal aufs Klo, bevor sie zurück ins Schlafzimmer ging und sich dort auftragsgemäß auf das Bett legte. Vorher platzierte sie noch – für alle Fälle – die kleine Pistole, die zu harmlos war, um zu töten, die aber betäuben und auch hässliche

Verletzungen hervorrufen konnte, so unter dem Kopfkissen, das sie sie gut erreichen könnte. Wenn es denn nötig wäre.

Ihr Kunde war pünktlich. Kaum das der vierte Glockenschlag der nahe gelegenen katholischen Kirche verklungen war, öffnete sich die Zimmertür und es huschte jemand in den Raum, der eilig die Tür hinter sich schloss.

Inga zwang sich auf die Zimmerdecke zu starren und nicht den Kopf Richtung Tür zu drehen.

Sie hörte, wie sich ihr Freier hastig auszog und die Kleidung achtlos zu Boden warf.

„Da hat es jemand eilig", dachte Inga und dann spürte sie, wie sich Hände über das Bett tasteten. Sie suchten ihren Körper und fanden ihn schnell. Es waren zarte Hände, viel zarter als sie gedacht hatte und auch viel zarter als gewöhnlich. Das mochte auch an der Dunkelheit liegen. Dann sind die Sinne geschärfter als sonst.

Inga wollte sich aufrichten und mit ihrer Arbeit beginnen. Doch die Hände drückten sie sanft aber bestimmt auf das Bett zurück und setzten ihre Erkundungsreise über den Körper der Prostituierten fort. Sie entspannte sich langsam.

„Genieß es", forderten die Fingerspitzen sie auf, die bald Unterstützung von weichen Lippen und einer schnellen, rauen Zunge bekamen. Es dauerte nicht lange und Inga hätte nicht mehr beschreiben können, wo sie sich gerade befanden. Sie schienen überall und gleichzeitig allgegenwärtig zu sein..

Aus Entspannung wurde so schnell Erregung und dann geschah etwas, das Inga sonst als äußerst unprofessionell bezeichnete: Sie hatte einen Orgasmus.

Schwer atmend lag sie auf dem Bett. Aber nur kurz, schließlich hatte sie hier einen Job zu erledigen.

Mit geübtem Griff umfasste sie seinen Penis, der sich ihr schon fordernd entgegenreckte. Inga beugte sich hinunter, um das Glied in den Mund zu nehmen und ihm einen zu blasen[10].

„Ja, nimm den Kleinen in den Mund und lutsch an ihm herum du Zuckerschneckchen. In deinen Händen wird Schokoladeneis in Sekunden zu heißer Soße."

Diese quäkende Stimme.

Inga erkannte sie sofort und ihr war klar, mit wem sie hier im Bett lag.

Sie griff unter das Kopfkissen, zog den Revolver und schoss ihm direkt ins Gesicht.

Dann ging sie ins Badezimmer, duschte lange, zog sich an und ging nach Hause.

Nach dem Täter wurde nie gefahndet.

---

[10] „Du musst nicht viel tun, um einen Kunden zu befriedigen und dabei erfolgreich zu sein", hatte Jasmin ihr erklärt. „Es sind drei Dinge, auf die es bei dem Job ankommt: Streicheln, Französisch, Verkehr. In dieser Reihenfolge."

Daniella di Grado

Meine Schwester saß an diesem Sommertag mit einem T-Shirt bekleidet am Strand von Grado.

Das war nichts ungewöhnliches, meine kleine Schwester saß während ihrer Pubertät immer mit einem langen T-Shirt bekleidet an irgendwelchen Stränden, Schwimmbädern oder Baggerlöchern. Egal wie warm es auch war. Sie zog es nicht einmal aus, wenn sie schwimmen ging. Sie hielt sich für zu dick.

Es waren die Sommerferien 1980. Meine Schwester war gerade dreizehn Jahre alt geworden und lächelte auch nicht mehr in eine Kamera. Sie hatte einige Wochen vor ihrem Geburtstag eine feststehende Klammer erhalten. Fortan presste sie die Lippen fest zusammen, wenn sie einen Photoapparat auf sich gerichtet wusste.

Sie saß also auf einer blauroten Luftmatratze, trug ein langes rotes T-Shirt und schaute mit zusammengepressten Lippen unseren Vater an, der seine Kinder am Strand photographieren wollte. Ich lächelte.

Es war unser erster Urlaubstag, an diesem Tag ging unser Vater noch mit an den Strand. Genauso tat er es am Tag vor der Abreise. Dazwischen suchte er drei Wochen lang die Felder der Umgebung nach Spuren der römischen Geschichte ab. Tonscherben, mit Glück Terra Sigellata, Glasscherben, mit noch mehr Glück Münzen, Knochen, es gab kaum etwas, was er nicht gebrauchen konnte für den Aufbau seines privaten Museums im Keller.

Wir fuhren in diesem Sommer das dritte Mal nacheinander nach Grado, denn es dauerte drei Jahre, so hatte er uns erklärt, bis die

Bauern beim Bestellen der Felder die Einzelteile einer Amphore oder ähnlichem an die Erdoberfläche befördert haben. Nach also nur drei Jahren hatte man dann genug Einzelteile gesammelt, um die – bleiben wir bei diesem Beispiel – Amphore zumindest andeutungsweise restaurieren zu können. Der Rest bestand aus Gips, Wasserfarbe und viel Phantasie.

Ich war drei Wochen vor meiner Schwester siebzehn Jahre alt geworden und fand, dass drei Jahre ein außergewöhnlich langer Zeitraum war. Besonders, wenn es darum ging, kaputte Amphoren zu suchen. Ich fand diesen Urlaubszeitvertreib zumindest skurril. Andererseits gefiel es mir in Grado und ich war froh, dass sich mein Vater eben auf diese Äcker rund um Aquileia eingeschossen hatte.

Der Urlaub verlief dann so, wie wir es erwartet hatten. Unser Vater knatterte nach dem Frühstück, meistens so gegen elf Uhr mit seinem alten hellblauen Käfer in Richtung seiner Ausgrabungsstätten. Während dessen trollten sich meine Schwester und ich uns zum Strand. Schnell hatte sich eine Horde Jugendlicher aus Deutschland, Österreich, der Schweiz, den Niederlanden und anderen deutschsprachigen Ländern gefunden, die den Strandtag zusammen verbrachten. Darunter waren auch einige Jungs in meinem Alter.

Für uns spielte sich der Höhepunkt des Tages sich in der Mittagspause des Self-Service-Restaurants ab. Dann kam sie zum Strand. Daniella di Grado. Nein, sie kam nicht einfach zum Strand, sie betrat den Strand wie ein Modell den Laufsteg bei einer Präsentation der neuesten Designermode in Mailand. Zuerst schritt sie immer zu Giorgio und holte sich eine Kugel Eis. Dann drapierte sie ihr Handtuch an eine der äußersten

Ecken des Strandes und verwöhnte ihre bronzene Haut mit einer leicht nach Kokosnuss duftenden Creme und uns mit ihrer Anwesendheit.

Sie war älter als wir, vielleicht schon neunzehn oder sogar zwanzig Jahre alt und hatte die Figur einer, sagen wir einmal: Göttin. Zumindest stellten wir uns Göttinnen so vor.

Daniella war nicht nur schön, sie war auch mysteriös. Ihr dunkles, krauses Haar hatte sie blond gefärbt und wenn sie sich zum Sonnen hingelegt hatte und wir sie aus den Augenwinkeln beobachteten, konnten wir sehen, dass sie sich die Schamhaare rasierte. Sie trug einen String. So etwas hatten wir daheim in den Schwimmbädern noch nicht gesehen. Da waren wir uns einig.

Außerdem stammte sie aus Sizilien, so erzählte man es sich und ihr Vater hätte dort ein großes Hotel und sie wäre nur zum Lernen an die Adriaküste geschickt worden. Und vielleicht wäre er ja sogar ein Mafiaboss, aber so ganz genau wusste das natürlich keiner. Obwohl die Vermutung ja nahe lag, wer konnte sich sonst schon einen Hotelbetrieb auf Sizilien leisten.

An Schlechtwettertagen unternahmen wir Ausflüge. Dann hatten die Äcker vor unserem Vater Pause. In der Regel wählten wir Venedig als Ziel und spätestens ab Punta Sabbione war das Wetter wieder schön.

Wir fuhren mit dem Wasserbus zum Markusplatz, spazierten durch enge touristenüberflutete Gassen, aßen viel zu teures Eis, tranken mit verbrecherischen Lirepreisen ausgezeichnete Cola und hatten viel Spaß dabei.

„Hier, für Dick", sagte Michele und drückte mir einen kleinen zusammengefalteten Zettel in die Hand.

Michele arbeitete im Self-Service-Restaurant an der Kasse und konnte etwas deutsch.

Ich steckte den Zettel in die Hosentasche. An diesem Abend aßen wir in der Pizzeria auf dem Campingplatzgelände. Es war der Mittwoch vor unserer Abreise und unser Vater beendete seine Diät. Das er im Urlaub eine Diät machte, war normal. Dann trank er viel Rotwein und rauchte Marlboro, mindestens eine Schachtel am Tag. Er, der sonst Alkohol mied und den heimlich rauchenden Schülern die Zigaretten auf dem Schulhof in ihrer Ecke abnahm, um sie ihrer Vernichtung zuzuführen. Aber niemals selber rauchte. Außer, wenn er im Urlaub auf Diät war.

An diesem Abend aß er zwei Pizza Funghi.

Ich ging aufs Klo und entfaltete den Zettel.

„00:00. An die Brucke zum Strande." Geschrieben war der Zettel eindeutig in einer männlichen Handschrift, aber die Unterschrift war ebenso eindeutig.

„Daniella"

Es war erst kurz nach acht und ich hatte noch vier Stunden Zeit, um zu überlegen, ob ich dort hin gehen sollte. Vielleicht war die ganze Sache ja nur eine Riesenverarschung und irgendjemand wollte mich zum Deppen machen.

Vielleicht aber auch, wollte sie mich wirklich treffen. Aber warum?

Pünktlich, einige Minuten vor Mitternacht erlosch im Self-Service-Restaurant das Licht.

Ich wartete schon seit gut vierzig Minuten an der Brücke, die zum Strand führte. Die Fläche zwischen Campingplatzgelände und dem hauseigenen Strand wurde von einer Straße zerschnitten, die eben mit einer kleinen Fußgängerbrücke überquert werden konnte.

Daniella kam lächelnd auf mich zu. Es kam mir vor, als bewegte sie sich langsam in meine Richtung und ich vergaß fast zu atmen.

Als sie mich erreicht hatte, nickte sie in Richtung Strand und wir gingen über die Brücke.

Als wir den Strand betraten, nahm sie meine linke Hand in ihre Rechte und zog mich Richtung Meer, das, im Gegensatz zu mir, völlig unaufgeregt spiegelglatt daherkam.

Wir setzten uns auf eine breite Sonnenliege.

Daniella konnte nur italienisch und das deutsche Schulsystem hatte dafür gesorgt, dass ich gut englisch sprechen konnte, dazu fähig war, einige französische Vokabeln herunterzustottern und Anwärter des großen Latinums war.

ABER ICH SPRACH KEIN WORT ITALIENISCH.

Also saß ich nun neben einer Göttin und wusste nicht, was ich sagen sollte.

Ich zeigte auf die Sterne und sagte „Stella".

Daniella zog mich zu ihr hinüber und küsste mich. Erst langsam, dann immer leidenschaftlicher. Ihre Zunge suchte nach meiner und sie spielte mit mir. Ihre Hände begannen meinen Körper zu umspielen und ich traute mich endlich auch sie anzufassen.

Daniella zog ihre weiße Kellnerbluse aus. Darunter war sie nackt. Sie zog mich wieder hinunter auf die Sonnenliege und begann mich da zu streicheln, wo mich noch niemand gestreichelt hatte und innerhalb von nur ganz wenigen Sekunden geschah das, wovor alle Jungs furchtbare Angst haben: Vorvorvorzeitiger Samenerguss.

Daniella flüsterte mir Worte ins Ohr, die ich nicht verstand, küsste meinen Nacken und streichelte weiter. Meine Unterhose nässte langsam durch und ich wurde rot wie noch nie zuvor im Leben.

Glücklicherweise war es dunkel. Mein Gott, war das peinlich.

Ich drückte Daniella leicht von mir ab und versuchte zu erklären, dass ich mir da, wo sie jetzt gerade streicheln würde, ja ausgerechnet da in der vergangenen Woche einen furchtbaren Sonnenbrand zugezogen hätte und deswegen und wohl auch auf ärztlichen Rat hin alles tun dürfte, nur eben nicht das, was sie wohl, so hätte es zumindest den Anschein, wozu sie gerade Lust oder so hätte.

Ich habe keine Ahnung, ob sie meinem Gestammel folgen konnte, aber irgendwann zog sie ihre Bluse wieder an und wir gingen am Strand spazieren.

Wir knutschten auf dem Heimweg noch ein wenig herum, hier fühlte ich mich wieder sicherer und hätte nicht dieses klebrige Etwas auf meinen Schamhaaren geklebt, wer weiß, auf was für Gedanken ich noch gekommen wäre.

Einige Wochen später bekam ich eine Postkarte aus Sizilien. Sie zeigte einen Strand und ein Hotel. Auf der Rückseite fand ich einen Kussmund und in ordentlicher Handschrift in Großbuchstaben ihre Adresse.

Ich habe ihr nie geantwortet.

Wie ich fast ein Filmstar geworden wäre
Duisburg – Mönchengladbach 1:1

„Na, wo geht bei dir heute die Reise hin, Alter?" Rolf hatte mich angefunkt.

„Heimwärts, bin schon auf dem Rückweg", antwortete ich. „Und du?"

„Nach Lünen, da eröffnen wir Donnerstag einen neuen Laden. In Lünen, meine Güte. Ob das sein muss?"

Rolf wohnte in Gronau und kam als praktizierender Münsterländer mit der Region südlich der Lippe nicht ganz zurecht. Obwohl, wenn man ernsthaft darüber nachdenken und mit offenen Augen durch die Welt gehen würde, Gronau im Vergleich mit Lünen nicht unbedingt als Kleinod mit hoher Lebensqualität (zumindest für Nicht-Türken) abschneiden würde. Aber Rolf ging nicht mit offenen Augen durchs Leben. Außerdem zockte er in den türkischen Wettbüros. Auf Fußballspiele.

Ich verkniff mir, ihm eine Fahrt durch Bergkamen zu empfehlen. Dort ist es Untertage schöner als Übertage. Leider haben die Zechen dort längst geschlossen.

Rolf war Trucker im Nahverkehr und fuhr im Foodbereich von K+K.

Bei „K+K" fiel mir das Spiel vom vergangenen Samstag ein.

„Hast Du Gladbach gesehen."

„Nein, aber gutes Ergebnis. Genau mein Tipp, gab ´ne ordentliche Quote."

„Köppel und Kahe. Ich habe keine Ahnung, warum der Kerl immer wieder aufgestellt wird."

„Weil er Brasilianer ist?"

„Was will ich mit einem Brasilianer, der nur kämpft und grätscht und als Mittelstürmer einmal im Spiel aufs Tor schießt. Und der Schuss geht auch noch meilenweit drüber." Ich war immer noch entnervt von diesem Samstagsauftritt in Duisburg und ereiferte mich weiter. „Und Strasser auf links, verstehst Du, Strasser auf links. Langsam ist noch eine höfliche Beschreibung. Bewegt sich in Superzeitlupe. Ein absolutes Sicherheitsrisiko."

Den besten Auftritt hatte Strasser nach dem Spiel, als er vor der Gladbacher Kurve, die die Mannschaft dennoch feierte, einem jungen Rollstuhlfahrer seine Kapitänsbinde schenkte. Da bekam er Sonderbeifall. Sogar von mir.

Aber davon erzählte ich Rolf nichts. Er hätte solche Feinheiten wahrscheinlich nicht verstanden. Bei ihm ging es nur um das nackte Ergebnis. Das zählte und ergab die Quote. Punkt.

„Ich bin jetzt da. In Lünen." Rolf sprach Lünen aus, als hatte er gerade in eine Zitrone gebissen. „Muss jetzt abladen. Bis denn."

„Alles klar. Und find wieder nach Hause." Ich schaltete das Funkgerät aus, verließ die Autobahn und lenkte meinen MAN Abrollzug Richtung Autohof. Die Lust auf einen Kaffee und der Druck in meiner Blase machten diesen Halt kurz vor meinem Ziel in Bönen kurzfristig erforderlich. Außerdem war ich früh dran und hatte ehrlich gesagt, keine Lust auf eine kurze Anschlusstour. Die drohte, wenn ich zu früh (so sah es jedenfalls unser Disponent) zurück kam und ich durfte dann noch eine kurze Sammeltour Gewerbekunden fahren oder einmal Grünschnitt zum Kompostwerk. Oder Fahrzeugpflege betreiben. Dann wurden schnell aus einem pünktlichen Feierabend drei Überstunden.

Ich bestellte mir einen Becher zum Kaffee zum Mitnehmen und ging nach einem kurzen Talk mit Alex, die heute die Nachmittagsschicht hatte, über das Fußballwochenende (das Gespräch war heute recht kurz, sie hatte immer noch so ein Funkeln in den Augen, das auf ein live erlebtes sieben zu vier für Schalke gegen Leverkusen zurückgeführt werden konnte) wieder zu meinem LKW. Das heißt, ich wollte zu meinem LKW gehen, als eine Menschenansammlung in einer der hinteren Ecken des Parkplatzes meine Aufmerksamkeit weckte. Interessiert schlenderte ich in ihre Richtung.

Ich stellte mich zu ihnen und trank einen Schluck Kaffee, der so schmeckte, wie Kaffee nun mal eben schmeckt, wenn er zu lange auf der Warmhalteplatte steht. Normalerweise gab es am Autohof Werne einen guten Kaffee. Vielleicht lag es heute am Schalkespiel. Alex schien jedenfalls ein bisschen neben sich zu sein.

„Der Kaffee ist Scheiße", hatte ich mich umgehend bei ihr beschwert.

„Arschloch."

Ich drängelte mich durch die dicht stehende Menschenmenge, die in Zweierreihen einen engen Kreis bildete und blickte auf den behaarten Rücken eines fast nackten Riesen, der nur mit schweren Schuhen (solchen, wie man sie auf dem Bau trägt), einer leuchtendorange Warnweste und Arbeitshandschuhen bekleidet war. Solche Arbeitshandschuhe, die wir uns als Kinder und Jugendliche als Ersatz für richtige Torwandhandschuhe im Eisenwarengeschäft besorgten. Mit diesen Arbeitshandschuhen umfasste er die Taille einer vor ihm in einer Schubkarre knienden langmähnigen Blondine, die ebenfalls nahezu unbekleidet war. Dabei bewegte er rhythmisch seinen Körper.

Ich trank einen weiteren Schluck dieses grässlichen Kaffees und versuchte die Situation einzuschätzen.

Langsam begriff ich, worum es hier ging.

„So, kommt zum Schluss", hörte ich eine versoffen klingende Stimme von rechts krächzen. Es klang nicht nur wie eine Regieanweisung.

Der Gorilla bewegte sich nun schneller und es dauerte nicht lange, bis er laut „JAAAAAAA" brüllte.

Seine Partnerin begann einen kurzen Augenblick zuvor heftigst zu hecheln und stimmte schnell lautstark in sein Geheul mit ein.

„Danke. Das war´ s", krächzte die Stimme.

Die Beiden hörten auf zu brüllen und die Umstehenden applaudierten höflich.

Schnell kletterte die Blondine aus der Schubkarre und warf sich einen Bademantel über, der ihr von einem schmalen Jüngling gereicht wurde.

„Gute Szene Michaela. Jetzt noch den Trucker und wir haben für heute alles im Kasten." Das krächzen wurde immer heftiger. Der Kerl würde seine Stimme heute noch ölen müssen. „Fünf Minuten Pause."

Michaela und der Jüngling verschwanden in einem alten Wohnwagen. Der restliche Tross zog weiter in Richtung eines neuen Actros mit großer Kabine. Ich hatte noch Zeit und schlenderte einfach hinter ihnen her.

„Schickt mir den Trucker. Es geht weiter." Die krächzende Stimme saß nun auf einem Regiestuhl, mit einer Dose Bier in der linken Hand.

Mein Verstand musste meinen Körper verlassen haben, denn ich konnte beobachten, wie ich von einem jungen Mann mit einer gewaltigen Videokamera in der Hand ein Stück nach vorne geschoben wurde. Einen Schritt, denn ich, würde ich mich in meinem Körper befinden und ihn steuern können, niemals getan hätte.

„Hier ist er Chef."

Der Krächzer schaute mich mit einem Blick an, der all sein Unverständnis über das Ergebnis des Castings zu verstehen gab. Dann zuckte er mit den Schultern. Wahrscheinlich hatte er keine Lust mehr und großen Durst.

Ich tat nichts. Stand einfach nur rum.

„Wo bleibt Michimausi?"

„Ich hole sie schon", flötete der Jüngling.

Tatsächlich dauerte es nicht lange und Michaela betrat wieder den Set. Sie trug nun ein Käppi aus Leder, ein rot-weiß-kariertes Halstuch, eine Lederweste mit Fransen (ohne was darunter), kurze, wirklich sehr sehr kurze Hotpants aus irgendeinem Weltraumkunststoff und hohe Stiefel. Als sie mich sah, zuckte sie zusammen und blickte irritiert Richtung Regiestuhl. Der Krächzer zuckte mit den Schultern und wandte sieh von ihr ab.

Ich blickte mich an. Was hatten sie erwartet? Ich war LKW-Fahrer und seit gut neun Stunden auf Tour. Sollte ich da aussehen, wie ein braungebrannter Cowboy aus der Zigarettenwerbung, der frisch aus der Dusche kommt und einen Liter Parfum über seinen studiogestählten Körper gesprüht hat?

Ich spürte langsam einen ganz diffusen Ehrgeiz in mir aufsteigen, dieser Truppe zu zeigen, wer hier eigentlich vor ihnen stand.

„Steht nicht so sinnlos rum. Auf die Plätze."

Michaela blickte noch einmal kurz in meine Richtung, zuckte ebenfalls mit den Schultern, drapierte sich in der geräumigen Schlafkabine.

„Hey Leute, wird hier so ein braungebrannter Typ, Marke Zigarettenwerbung vermisst?" Diese Stimme kam von ganz weit weg.

„Und für Dich habe ich frischen Kaffee gekocht", sagte Alex und zog mich mit zurück Richtung Autohof.

AUFHEBUNG DES WARNHINWEISES

DIE FOLGENDEN SEITEN SIND WIEDER FÜR KINDER UND JUGENDLICHE UNTER ACHTZEHN JAHREN SOWIE MEINE MUTTER GEEIGNET.

Retro Trikot
(No-Go-Areas für Niederländer)

Es reicht. Mir.

Im Getränkeshop meines Vertrauens, zumindest war er es bis gestern Nachmittag, fragte mich Zwergi, ob wir heute nicht dieses grüne Bier kaufen wollten.

„Warum", fragte ich meinen Sohn.

„Dann kriegen wir ein T-Shirt geschenkt."

Bei der grünen Kiste Bier handelte es sich um eine Kiste Grolsch und das T-Shirt war ein orangefarbenes Retro Trikot mit dem niederländischen Wappentier auf der Brust, direkt über dem Herzen, das Design stammte wahrscheinlich aus den Siebzigern.

Orange. ORANGE. O.R.A.N.G.E. Es gibt ein Trikot in dieser Farbe als Beigabe zu einem Kasten Bier, das zudem noch sicherlich aus genmanipuliertem Mais hergestellt (nicht gebraut) wurde.

Und das in einem deutschen Getränkemarkt im östlichen Ruhrgebiet nahe Dortmund. Höchstwahrscheinlich gehört der Getränkemarkt einem Letten, Österreicher, Türken oder was weiß ich für einem Landsmann, dessen Nationalmannschaft sich nicht für unsere Weltmeisterschaft qualifiziert hat, was auch kein besonderer Trost ist, erst recht keine Entschuldigung, aber vielleicht eine Erklärung.

Meinem Sohn konnte ich schnell verzeihen, denn er wird am ersten August erst fünf Jahre alt. Außerdem stammt seine

Mutter aus dem Grenzgebiet und da wir dann doch hin und wieder Oma und Opa besuchen und dann in Enschede eine schnelle Pommes Mayo und eine Frikandell Spezial mit Mayonnaise, Ketchup und frischen Zwiebeln zu uns nehmen, sind ihm skurrile Dinge in orange, gerade zu Zeiten von Großveranstaltungen wie Fußballwelt- oder auch -europameisterschaften, jungen Matjes feiern, Holzschuhwerfen, Eisschnellaufwettbewerben jedweder Art oder auch Geburtstagen der Königin, ihrer Mutter sowie weiterer näherer Verwandter, durchaus geläufig.

Dem ehemaligen Getränkemarkt meines Vertauens jedoch entzog ich umgehend das selbige und kaufte mein Mineralwasser und Weißbier anderswo ein und erklärte meine Wohngegend sicherheitshalber zu einer No-Go-Area für Niederländer, denn dort ist es nachts wirklich gefährlich.

Bin auch kein Ausländer

„Hier regiert der S04!"

„Ausländer raus!"

Sie zeigen auf mich. Meinen mich.

ein Problem. Ich trage kein Trikot. Was fremd ist.

Bin auch kein Ausländer.

Ich komme gerade aus dem Urlaub zurück.

Bin etwas braungebrannt. Sonnenverwöhnt. Und entspannt.

Im Ausland.

„Ausländer raus!"

Sie schlagen schnell. Und hart.

Gut so. Die Ohnmacht erreicht mich. Schnell.

Zweitausendundsechs. Die Welt zu Gast bei Freunden.

Der Junge hat eine Zigarette zwischen den Lippen kleben

Ein Nachmittag in Dortmund. Industriegebiet Nähe Hafen.

Ich verlasse das Gebäude.

Der Junge kommt die Treppe hinunter. Einige Schritte hinter mir.

„Hey Du, warte mal. Ey Du, warte mal."

Ich realisiere. Nur langsam, wen er meint. Mich.

„Warte mal. Haste Feuer." Der Junge hat eine Zigarette zwischen den Lippen kleben.

„Nein."

„Haste Feuer?"

„Nein. Leider nicht."

„Ey, mach mich nicht an. Gib Feuer."

Aggression. Spüre ich gegenüber.

Nur eine paar Schritte zu meinem Wagen. Hinein. Setzen. Verriegeln.

Zigarettenanzünder. Eine Möglichkeit. Er folgt mir. Sieht das Nummernschild.

„Unna. Scheiße. Scheiß Unna."

Keine Möglichkeit.

Ich starte den Wagen. Und überrolle den Jungen. Langsam.

Der Junge hat eine Zigarette zwischen den Lippen kleben.

Ein Idiot weniger.

Zweitausendundsechs. Die Welt zu Gast bei Freunden.

Keine besondere Schwere der Schuld - Die Welt zu Gast bei Freunden

Ein Kind. Keine zwei Jahre alt. Geworden. Geschüttelt, bis das Leben alle war. Wie die Kohlensäure aus einer Coca-Cola. Von meiner Mutter herausgerührt. Bei Durchfallerkrankungen ein gutes Rezept.

„Ich konnte nicht mehr. Er war so laut, hat immer geschrieen."

Vergraben in einer Sporttasche. Im Garten. Nebenan.

Dreizehn Jahre Haft für die Täterin.

Eine besondere Schwere der Schuld konnte nicht festgestellt werden.

Zweitausendundsechs. Die Welt zu Gast bei Freunden.

ZU GAST BEI...

Die Flasche fliegt.

Nur knapp. An meinem Kopf vorbei.

In Zeitlupe gezoomt. Gezeigt weltweit.

Danke.

Thanks.

Gracias.

Merci.

Grazie.

Zu Gast. Bei Idioten.

In Dortmund.

Zweitausendundsechs. Die Welt zu Gast bei Freunden.

Vierundzwanzigzwölf:
Heiligabend in Werne

15:45 Uhr

Der Wecker klingelt. Es ist Heiligabend. Ich liege im Bett und höre den mahnenden Ton der Kirchenglocken, die an den obligatorischen Kirchgang der eigens für diesen Tag zusammengekommenen Familie am heiligen Abend erinnern. Wie jedes Jahr werde ich mich dieser Aufforderung wiedersetzen.

Meine Eltern haben mich nie gezwungen ausgerechnet an diesem Tag und bei vielen ist es eben nur dieser Tag, an dem sie ein Gotteshaus von innen sehen, in die Kirche zu gehen. Und das, obwohl sie beide in einer Kleinstadt im Münsterland Religion unterrichteten. Evangelische Religion.

Aber dies ist auch schon alles, was an diesem Weihnachtsfest so sein wird wie in jedem Jahr.

Ich werde zum Beispiel nicht am frühen Nachmittag zu Antje gehen und mit ihr Geschenke austauschen. Ich werde nicht bei meiner Mutter mit meinen Schwestern und deren Familien zu Abend essen. Und ich werde dann am späten Abend auch nicht wieder zu Antje gehen, um mit ihr den Rest des Abends und einen Teil der Nacht zu verbringen. Und ebenso wenig werde ich den ersten Feiertag damit zubringen mit ihr die am heiligen Abend noch nicht getroffenen Familienmitglieder beider Seiten zu besuchen und dann am zweiten Feiertag mit meinen Kumpels Stephanus zu steinigen.

Hierfür gibt es im wesentlichen zwei Gründe:

    1.   Zu Antje kann ich nicht, weil wir uns getrennt haben,

2.   zu meiner Mutter kann ich nicht, weil sie im Urlaub ist.

Zu Grund eins gibt es anzumerken, das die Formulierung „Wir haben uns getrennt" sicherlich souverän und erwachsen klingt, aber – wie so oft – eben auch in meinem Falle nicht der Wahrheit entspricht, denn die Realität sieht anders aus: Antje hat nach fast sieben Jahren unsere Beziehung für beendet erklärt und ist einer Zufallsbekanntschaft („Ehrlich, es war Liebe auf den ersten Blick. Das verstehst du doch?!") nach Dänemark nachgereist.

Das sie kurz nach dem Ende der Wintersemesterferien aber wieder solo, jedoch schwanger nach Werne zurückkehren würde und damit nicht nur ihre Probleme im Studium anfangen sollten ist nicht Gegenstand dieser Geschichte und wird daher hier nicht weiter verfolgt.

Wüsste meine Mutter von erstens, gäbe es zweitens gar nicht, denn sie wäre niemals in den Urlaub gefahren, hätte sie eines ihrer Kinder nicht in einer intakten Beziehung gewusst. Oder auch nur geahnt. Da sie jedoch nichts davon wusste oder ahnte, saß sie am zweiundzwanzigsten zwölften, ihren einzigen noch unverheirateten Sprössling an den bevorstehenden Feiertagen bei der Familie seiner langjährigen Freundin wähnend, mit einer Freundin im Auto auf dem Weg in den Skiurlaub. Was ihr ohnehin schon schwer genug fiel. Meine Schwestern wollten in diesem Jahr bei den Familien ihrer Ehemänner feiern und ich hatte Wolfgang versprochen über die Feiertage die Leitung des Biercafe zu übernehmen und ihn zu vertreten.

Das Biercafe ist eine Institution in Werne und es gibt wohl keinen oder zumindest kaum einen Einheimischen, der von sich behaupten könnte, dort noch kein Pils getrunken zu haben.

Ich arbeite dort seit meiner Schulzeit und finanziere mir mit diesem Job mein Studium.

16:00 Uhr

Ich stehe auf, stelle die Anlage im Wohnzimmer an und geben Eins Live die Möglichkeit, eine weihnachtliche Stimmung in meiner Wohnung zu erzeugen, die sich aber auch nach unzähligen Versuchen mir mit dem zu unerträglichen „Last Christmas" von Wham den letzten Nerv zu rauben, nicht so recht einstellen will. Ich setze Kaffee auf und gehe duschen. Dort schiebt sich, während ich mir die Haare einschäume, der gestrige Abend mit all seinen Pannen und Pleiten unweigerlich in den Vordergrund meiner Gedanken und sie lassen sich weder herausmassieren, noch wie das Shampoo herauswaschen und sich durch den Ausguss von mir entfernen, um sich im Abwassernetz mit anderen Pleiten, Pannen und Peinlichkeiten zu treffen, zu vermischen, vielleicht zu verdünnen, um schließlich in einer Kläranlage aufbereitet zu werden.
Damit nun auch wirklich jeder versteht, was ich meine, präsentiere ich an dieser Stelle eine Auswahl der Katastrophen (ohne Anspruch auf Vollzähligkeit und die tatsächliche chronologische Reihenfolge):

1. DIE KATASTROPHE schlechthin: um dreiundzwanzig Uhr war das Pils alle und das Biercafe noch voll,
2. Altbier ging gegen zwei Uhr zur Neige,
3. Weizenbier wenig später (zwei Uhr fünfzehn),
4. Volker, der kleine Bruder unseres Stammkellners Uwe, der an diesem Abend für seinen großen Bruder, der an einer spontan einberufenen Feuerwehrübung

teilnehmen musste, einsprang, aber leider vorher noch nie gekellnert hatte. Immerhin erhielt er von einem Gast zehn Euro Trinkgeld, leider mit dem Hinweise verbunden, er möge sich von diesem zweckgebundenen Trinkgeld einen Taschenrechner zulegen. Dies steigerte eigenartigerweise weder das Selbstvertrauen noch die Kopfrechenkünste,

5. aber nicht nur das Bier ging aus, auch das Essen. Und zwar wie folgt aufgelistet: Tortellini, Nasi Goreng, Gulaschsuppe, Frikadellen, Pizzabaguette, Käse am Stiel und zuletzt die Mettendchen,

6. um viertel vor Elf erreichte mich die Nachricht, dass die Damentoilette verstopft sei und sich das keinen Weg in den Abfluss findende Wasser sich seinen Weg aus der Damentoilette hinaus auf den Flur suchen würde. Wir mussten also unter großem Hallo und Applaus die Herrentoilette auch für das weibliche Geschlecht freigeben. Gegen Mitternacht hatten die Jungs von Winkelmann den Schaden behoben. Die Kanalreiniger hatten das verstopfte Rohr unter anderem von Damenbinden, Zigarettenschachteln, Kleingeld, Slips, Kondomen und einer blickdichten schwarzen Damenstrumpfhose befreit,

7. Menix (BVB) und Manne (S04) stritten – wie immer – über Fußball, schafften es aber an diesem Abend, im Gegensatz zu sonst, die Thekenkollegen in einem Maße einzubeziehen, dass es fast zu einer ordentlichen Kneipenhauerei gereicht hätte,

8. das mir das Wechselgeld ausging und ich eine Zeitlang sehr großzügig herausgeben musste, sei nur als Randnotiz vermerkt,

9. ebenso der dramatische Auftritt von Julia B. (sie wurde irgendwann zwischen Nikolaus und heute von ihrem Lover sitzen gelassen), in dessen Verlauf sie auf einen Tisch stieg, sich zunächst von ihrer Bluse, dann kurze Zeit später ihre gewaltigen Brüste von dem BH befreite und die interessierte Runde fragte, ob dies nicht wirklich gewichtige Gründe wären, eine Frau wie sie, eben nicht zu verlassen. Ich half ihr eilig vom Tisch in ihre Jacke und dann ins Taxi,

10. der letzte Gast verließ das Lokal um sechs Uhr dreißig.

17:00 Uhr

Welche Musik spielt man am heiligen Abend im Biercafe? Sicherlich nicht: Wham, Chris Rea, Slade oder jedweden Best-of-Christmas-Sampler.

Es werden ausgewählt und eingepackt: der Soundtrack zu High Fidelity, Nirwana „Unplugged", Eric Clapton „Unplugged", The Pogues „The very best of" und Stoppok „Live". Ich denke, dies wird reichen, da ich mit Wolfgang verabredet habe, nur von acht bis zwölf Uhr zu öffnen.

„Ich will kein Gerede in der Stadt. Von wegen Konkurrenz zum Weihnachtsfest und so. Wir wollen nur, dass sich die Stammgäste ein „Frohes Fest" wünschen können", hatte er gesagt.

Seit gestern habe meine Zweifel, ob dies so gelingen kann.

18:00 Uhr

Heftiges Blinken meines Anrufbeantworters signalisiert eingegangene Nachrichten. Es sind zwei. Die erste ist von Mutter, die mir und Antje ein schönes Weihnachtsfest wünscht. Ich will sie zurückrufen, aber ihr Handy ist nicht für das Ausland freigeschaltet. Typisch. Die andere Nachricht ist von Antje. Ich lösche sie, ohne sie vorher anzuhören und schalte den Fernseher ein.

19:30 Uhr

Danke Monika. Danke Getränkeservice.
Von den Spuren der gestrigen Nacht ist nichts mehr zu sehen. Unsere Putzfrau hat ganze Arbeit geleistet. Es riecht nach Plätzchen und Tannennadeln, auf den Tischen und der Theke stehen Teller mit Selbstgebackenem. Der Bierkeller ist gefüllt. Ich stecke die Kerzen an. Wir sind für den Abend gerüstet. Ich koche eine Kanne Kaffee, stelle mich ans Fenster und schaue hinaus auf den menschenleeren Marktplatz. Die jetzt unbeleuchteten Buden und das Karussell des Weihnachtsmarktes geben an diesem Abend ein dunkles Zeugnis dieser Adventszeit. Das Restaurant am Rande des Marktplatzes ist ebenso wenig beleuchtet, wie das Hotel und der Ratskeller, der dem Biercafe gegenüber liegt. Nur die Schaufenster des Modehauses sind wie immer hell erleuchtet. Letzte Schnäppchen werden noch angepriesen. Immerhin wird noch nicht für Ostern umdekoriert.
Es riecht aber auch nicht nach Schnee. Im Wetterbericht nennt man das seit Tagen „zu warm für diese Jahreszeit". In diese Gedanken versunken stehe ich am Fenster und bemerke das leise Klopfen nicht sofort.

„Einen Moment noch", rufe ich laut und eile in der Annahme zum Eingang, dass es einer er Stammgäste wirklich nur ganz kurz zu Hause ausgehalten hat.

Ich entriegele das Schloss, öffne die Tür und sage in die Dunkelheit hinein: „Na, schon den Kaffee auf...", breche den Satz jedoch abrupt ab, nachdem ich von meinem Gegenüber Notiz genommen habe. Das Mädchen ist jung, höchstens zwanzig Jahre alt. Möglicherweise. In diesen Dingen gelte ich als nicht sonderlich talentiert und habe mir schon so manche Ohrlaschen für ein falsch geschätztes Alter eingefangen. Frauen sind da eigen. Aber sie scheint wirklich jung, mit ihrem schulterlangem blond gelocktem Haar, welches ein ebenmäßiges geradezu puppenhaftes Gesicht umrahmt. Zwei tiefgrüne Augen nehmen meinen Blick gefangen. Sie lächelt.

„Darf ich hereinkommen? Mir ist kalt"

Ich trete zur Seite, halte ihr die Tür auf und sehe nun, warum sie trotz der milden Weihnachtszeit friert. Unter einer dünnen Strickjacke trägt sie ein leichtes Sommerkleid. Es ist geblümt. Ihre strumpflosen Beine enden in dünnen Leinenschuhen.

Das Mädchen nimmt auf einem der Barhocker Platz.

„Kaffee", frage ich.

Sie nickt und lächelt mich an.

Ich bin verlegen und froh mich zur Kaffeemaschine umdrehen zu können.

Bald steht vor jedem von uns beiden ein Becher Kaffee. Ich weiß nicht recht, wie ich das Gespräch beginnen kann, also biete ich ihr erst einmal einen von Monikas Keksen an, den sie dankbar annimmt. Ich habe keine Ahnung, was Kekse denken, wenn sie gegessen werden, aber wäre ich dieser Keks...aber lassen wir das.

Glücklicherweise klopft es erneut an der Tür und ich kann weitere Gäste einlassen und mich ihnen widmen.

00:30 Uhr

Die vergangenen Stunden flogen nur so dahin und alle, aber wirklich alle Ängste, die ich, diesen Abend betreffend hatte, waren offensichtlich unbegründet gewesen. Der Getränkevorrat hielt dem Durst der Gäste stand. Ich schaffte es, auch ohne Kellner alle Anwesenden ordentlich zu versorgen und die Toiletten verstopftren nicht. Menix und Manne stritten, nicht einmal über Fußball und schwarz und gelb und blau und weiß. Julia blieb angezogen und ging später mit ihrem Ex nach Hause. Ich hatte genug Wechselgeld in der Kasse und als ich endlich Feierabend machen wollte, motzte keiner rum und alle gingen freiwillig nach Hause. Unglaublicherweise war dieser Abend von entspannten, sogar gemütlichen Atmosphäre gekennzeichnet gewesen.

Der letzte Gast hat gerade das Biercafe verlassen. Nein, das stimmt nur bedingt. Der letzte Stammgast hat gerade das Biercafe verlassen und das Mädchen sitz immer noch an der Theke und schaut mir schweigend beim polieren der Gläser, dem putzen der Theke und dem Aufstuhlen zu.
„Feierabend." Ich schalte die Anlage aus.
Das Mädchen steht auf und geht mit mir zur Tür. Ich schalte das Licht und die Außenreklame aus und wir treten vor die Tür und in diesem Augenblick beginnt es zu schneien. Es sind erst wenige kleine Schneeflocken, die geradezu zögerlich vom Himmel fallen, aber nach nur kurzer Zeit stehen wir in einem großartigen Schneegestöber voller großer, schwerer Flocken.

Das Mädchen fängt eine Schneeflocke und heftet sie mir wie einen Orden an die Jacke.

„Frohe Weihnachten", sagt sie und küsst mich auf den Mund.

Wenige Stunden später bebt die Erde im Iran.

bad girls

Landen für Dortmund

„Entscheidend ist, dass Herrmanns für den Ausbau des Flughafens stimmt. Die Auswahl der Mittel liegt ausschließlich bei Ihnen." Die Stimme am Telefon spricht leise und schnell, aber präzise. Sie ist gewohnt, dass man ihr folgt und lässt keinen Zweifel zu.

„Es muss nicht die finale Lösung sein." Muss nicht.

Der Anrufer erreicht mich am späten Vormittag. Es gibt für diesen Tag, für diesen Anruf dieses neue Handy. Der Aufwand ist notwendig, ohne Schutzsystem ist man in meiner Branche sonst schnell Geschichte. Die Stimme hat ihren Namen nicht genannt. Aber ich weiß, wer er ist, der Kontakt wurde von Mittelsmännern hergestellt. Er ist Vorsitzender des Ausschusses, der über die Verlängerung der Start- und Landebahn des Regionalflughafens Dortmund entscheidet.

„Es steht acht zu sieben gegen den Ausbau. Wir brauchen wenigstens ein Unentschieden, damit ich als Mehrheitsbeschaffer entscheiden kann. Und ich bin bekannter weise ein entschiedener Befürworter des Ausbaus."

Bald weiß ich, um was es geht. Herrmanns ist als Fraktionsvorsitzender der Alternativen das Sprachrohr der Gegner des Ausbaus der Flughafens. Pikanterweise liegt der Flughafen auf Dortmunder Stadtgebiet, die geplante Verlängerung der Start- und Landebahn würde jedoch den Kreis Unna tangieren, müsste er doch Ackerland hierfür veräußern. Und über dessen Gebiet findet schon jetzt der Landeanflug statt. Herrmanns leitet den parlamentarischen wie außerparlamentarischen Widerstand. Scheinbar mit Erfolg.

„Herrmanns hat einen Nachfolger?", frage ich.

„Ja, der steht bereits auf unserer Seite und würde das Projekt durchwinken. Aber hören Sie, wir bevorzugen, dass Sie diesen Herrmanns überzeugen."

„Natürlich, das habe ich auch so verstanden. Wo wohnt er?"

„In Bergkamen. Rünthe."

Wir besprechen die Details. Anschließend wiederhole ich sie, mache mir keine Notizen und lege auf.

Ich bin eine Chefsekretärin. Mit Perücke, grauem Kostüm und dunkler Designersonnenbrille hole ich Herrmanns jüngste Tochter Eleonora vom Reitunterricht ab. Herrmanns Frau lässt sie öfter von Mitarbeiterinnen, Kolleginnen oder Freundinnen abholen. Sie hat selbst selten Zeit für ihre beiden Töchter. Eleonora ist die jüngere und gerade neun Jahre alt geworden. Jasmin ist vierzehn Jahre alt. Nach der Trennung von ihrem Mann, ist die Nochehefrau des Politikers wieder in die Geschäftsleitung des väterlichen Unternehmens eingestiegen. Ich erkläre der kleinen Eleonora, dass ihre Mutter noch zu einem Kunden fahren musste und ich sie deshalb zur Großmutter bringen soll. Eleonora glaubt mir und steigt zu mir ins Auto. Auf den rechten Rücksitz. Ich habe ihr ein Reitermagazin mitgebracht, das wird sie von mir und der Fahrtroute ablenken.

„Reitest du schon lange?", frage ich nach einer Weile.

Eleonora blickt von ihrer Zeitschrift auf und nickt.

„Ja. Seit ich denken kann. Ich habe schon geritten, da konnte ich noch gar nicht Fahrradfahren."

Wir verlassen Fröndenberg und ich lenke die Limousine Richtung Unna-Massen.

„Hast du ein eigenes Pferd?"

„Nein."

„Aber du möchtest doch sicherlich gerne ein eigenes Pferd haben?!" Ich blicke in den Rückspiegel und sehe, dass sie strahlt.

„Natürlich, das wäre wirklich das Größte." Dann verdunkelt sich ihr Blick. „Aber ich darf keins haben. Meine Eltern wollen das nicht. Mama meint, dass ich zu jung bin, um die Verantwortung für ein Tier zu übernehmen und mein Vater sagt, dass ein eigenes Pferd nur das Symbol neureicher Spinner wäre. Außerdem würde ihm das politisch schaden können."

Ich frage, wie Pferde politisch schädlich sein können.

„Alternative besitzen seiner Meinung nach nur das Nötigste", klärt Eleonora mich auf. „Und Pferde gehören nicht dazu. Der Alte will glaubwürdig bleiben."

„Du magst deinen Vater nicht?"

„Nein."

In Massen biege ich in eine Seitenstraße ab, die zu einer alten Fabrikhalle führt. Sie steht leer. Vor wenigen Jahren wurden hier noch Strümpfe und Socken hergestellt. Dann wanderte die Produktion nach Asien ab.

„Ich muss hier etwas abliefern. Hilfst du mir?"

Ich parke hinter der Halle und öffne Eleonora die Autotür.

Ich warte, bis Herrmanns am Abend allein nach Hause kommt und verlasse den alten Panda, in dem ich seit dem späten Nachmittag auf der seiner Haushälfte gegenüberliegenden Straßenseite auf ihn gewartet habe.

Ich bin ein Hausbesuch. Eine Prostituierte. Der erfüllbare Traum aller Männer. Fleischgewordene Phantasie. Mit engem

Kleid, Push Up, hohen Pumps, Perücke, kleiner Handtasche und dunkler Designersonnenbrille. Die Rolle steht mir.

Auf der Klingel steht kein Name. Herrmanns lebt anonym. Ich stehe vor der Tür, atme tief ein, beruhige meinen Puls und betätige wenige Minuten vor zwanzig Uhr die namenlose Haustürklingel. Herrmann mag Pünktlichkeit. Schnell öffnet er die Haustür und ich husche in die Doppelhaushälfte der Neubausiedlung in Bergkamen-Rünthe, deren Gärten hinaus zum Kanal liegen. Herrmanns drückt die Tür eilig hinter mir ins Schloss und bemerkt erst dann, dass ich nicht die Frau bin, auf die er gewartet hat.

„Amelie ist krank", beantworte ich seine nicht gestellte Frage. „Ich bin ihre Vertretung."

Herrmanns mustert mich, seine Augen tasten mich ab, die großen Hände wollen schnell den Blicken folgen.

„Nicht so eilig." Sanft entferne ich seine Hände von meinen Brüsten. „Willst du mich nicht erst begrüßen, etwas zu trinken anbieten oder so?"

Herrmanns blickt mich erstaunt an.

„Oh ja. Äh. Willst du etwas trinken?" Seine Stimme passt nicht zu seinem Äußeren. Sie ist hoch, fast schrill.

„Gerne. Einen Wein, vielleicht. Einen Roten."

Er geht in die Küche, holt einen Chianti aus dem Regal und den Korkenzieher aus der Schublade.

Ich muss ihn für einige Minuten loswerden, denn Punkt acht Uhr wird diese Amelie wie jeden Freitag vor der Tür stehen. Die Mädchen des Rio befriedigen ihre Kunden auch außerhalb der Clubräume.

„Du willst gleich den Sex deines Lebens haben?" Die Frage macht ihn wieder sprachlos. Er nickt gierig. Fehlt nur noch, dass er sabbert. Ich greife ihm flüchtig in den Schritt und unterdrücke mühsam den Wunsch dem Alternativenchef hier und jetzt die Kugel durch den Kopf zu jagen.

„Dann geh schnell duschen. Nur frisch geduschte Männer törnen mich an, sonst geht gar nichts. Jedenfalls nicht richtig. Ich mache schon mal den Wein auf." Herrmanns platzt schon jetzt fast vor Geilheit und hat seinen Verstand längst ausgeschaltet. Er gehorcht eilig und verschwindet im ersten Stockwerk.

Von der Gästetoilette aus beobachte ich die Straße. Eine Minute nach Acht steht Amelie vor dem Haus. Sie ist jung. Zu jung für diesen Job. Noch bevor sie klingeln kann, öffne ich die Tür. Erstaunt blickt sie mich an. Ich unterbreche ihren Denkprozess und drücke ihr dreihundert Euro in die Hand.

„Schätzchen, du hast heute frei."

„Aber..."

„Von mir erfährt keiner was. Zieh Leine. Nächste Woche kannst du wieder kommen."

Mit gierigem Blick greift sie hastig nach den Scheinen und verschwindet. Offenbar hat Amelie gelernt, die Dinge für die sie bezahlt wird, nicht großartig zu hinterfragen.

Ich warte im Wohnzimmer auf Herrmanns. Der Chianti ist entkorkt und atmet. Aus dem Wohnzimmer hat man einen guten Blick auf den Kanal, linkerhand des Gartens sieht man das nahegelegene Kraftwerk.

Ich stehe vor dem Fenster und schaue auf den Kanal als Herrmanns das Wohnzimmer betritt. Er ist frisch geduscht, riecht nach teurem Parfum, trägt einen beigefarbenen etwas zu kurzen Bademantel und wirkt deutlich entspannter als noch vor der Dusche. Vielleicht hat er getrunken.

„Mein Name ist Monique Ganser", stelle ich mich vor. Ich lächle.

„Warum habt ihr Huren immer so geile Namen." Seine Stimme ist immer noch zu schrill. Er glotzt mir auf die Titten.

„Monique!"

Ich bleibe locker und antworte mit sanfter Stimme.

„Berufsgeheimnis."

Herrmanns holt zwei Gläser aus dem alten Küchenschrank.

„Du möchtest doch auch?"

„Eigentlich bin ich dienstlich hier."

„Na eben."

Ich lache mit.

Er schenkt uns ein, gibt mir ein Glas und setzt sich neben mich auf das weiße Ledersofa. Der Politiker hält das Glas in das Gegenlicht der untergehenden Sonne.

„Ist das nicht eine herrliche Farbe?"

„Ja", antworte ich. „Prost."

Wir trinken einen Schluck. Herrmanns spült den Wein in seinem Mund langsam hin und her, bis er ihn endlich herunterschluckt. Fehlt nur noch, dass er gurgelt. Wieder steigt schwer zähmbare Aggression in mir auf. Aber ich bin Profi.

Er stellt sein Glas auf dem Beistelltisch neben dem Sofa ab.

„Ich weiß, wer du bist", erkläre ich. „Ich habe dich sogar schon einmal im Fernsehen gesehen. Du weißt schon: Fluglärm in Unna durch Ausbau des Dortmunder Airports, Schutz von Flora und Fauna und so."

Er nimmt sein Glas in die Hand und trinkt einen Schluck. Diesmal ohne spülen.

„Wir werden den Ausbau verhindern."

Nach einem weiteren großen Schluck Rotwein scheint er sich daran zu erinnern, wozu er mir die Tür geöffnet hatte und legt seine fleischige Hand auf meinen linken Oberschenkel. Sie ist warm und schwitzig.

Ich tippe mit meinem Zeigefinger auf seine Brust.

„Dazu wird es nicht kommen!"

Herrmanns ist erstaunt, versteht den Sinn meiner Worte nicht.

„Die Landebahn wird verlängert", sage ich.

„Wir sind dagegen und haben eine Mehrheit." Seine Stimme kippt ins Ärgerliche. Er trinkt noch einen Schluck. „Wir werden die Verlängerung der Landebahn nächste Woche bei der Abstimmung stoppen."

„Nein!"

Er nimmt die Flasche und für einen kurzen Augenblick fürchte ich, er würde sie in seiner aufkeimenden Aggression als Schlaginstrument gegen mich einsetzen. Aber er schenkt sich nur nach.

„Sechsundsechzigtausendzweihundert Flugbewegungen pro Jahr. Das sind fast einhundertzweiundachtzig am Tag. An jedem verdammten Tag. Und das ist nur die Prognose für das Jahr Zweitausendzehn. Der Prognose der Flughafengesellschaft zu Folge, wohlgemerkt. Ihrer eigenen verdammten Prognose. Und die ist mit Sicherheit manipuliert. Was die Bewegungen anbelangt. Hast du vielleicht eine Ahnung, was für eine Last an Emissionen und Immissionen hier für Unna entsteht? Von den ökologischen Auswirkungen auf Flora und Fauna durch das weitere Vernichten von Grünflächen einmal abgesehen. Hast du eine Ahnung?"

„Ist das nicht der Preis der Mobilität?"

„Und wir werden es verhindern", beharrt er.

Sein Glas ist wieder leer und als er sich nachschenkt, fragt er mich, ob ich nicht noch ein Glas mit ihm trinken wolle, so käme ich ja nie in die richtige Stimmung und er wolle nicht weiter über Politik labbern, sondern endlich ficken.

„Ihre Tochter", sage ich.

„Welche?"

„Die jüngere."

„Eleonora. Was ist mit ihr?"

Ich nehme mein Glas und trinke einen kleinen Schluck Chianti. Er ist gut. Wirklich sehr gut.

„Wir haben sie."

Ich habe ihm erlaubt, seine Nochehefrau anzurufen. Ja, Eleonora ist verschwunden. Seit dem Reitunterricht. Sie hat die Polizei bereits informiert. Nein, sie habe ihn wissentlich nicht angerufen, Freitags kämen ja immer seine Flittchen.

Herrmanns sinkt nach hinten in seine Kissen und schließt die Augen.

„Kinder sind das schwächste Glied einer Kette", sagte er schließlich. Er schüttelt den Kopf und schweigt lange. Dann erzählt mir die Geschichte von einer besseren Welt. So wie er sie sich vorstellt. Ohne Autos und Flugzeuge. Keine Kriege, keine Gewalt. Individuelle Besitztümer gibt es nicht, die Welt ist gerecht und die Ökologie im Gleichgewicht.

„Ist das nicht ein Ziel", fragt er. „Eine solche Welt zu erschaffen, dafür zu kämpfen?"

Ich nehme meine Handtasche, hole meine Pistole aus ihr und entsichere sie.

„Die Welt ist nicht so und sie wird es nie werden. Der Mensch strebt immer danach mehr zu haben oder besser zu sein als der andere. Und nur so kann sich die Menschheit entwickeln. Ihre Tochter wünscht sich im übrigen ein Pferd. Wann schenken Sie ihr eins?"

Er hat die Chance auf die richtige Antwort.

Ich fahre zurück nach Unna-Massen. Diesmal verzichte ich auf die Maskerade.

Das Mädchen liegt reglos in ihren Fesseln. Ich rufe sie. Sie rührt sich nicht. Ich schlage ihr ins Gesicht. Sie bleibt bewegungslos. Ich entferne den Knebel, löse ihre Fesseln und hebe den Körper aus der engen Holzkiste heraus. Dann lege ich sie vorsichtig auf den Fußboden. Ich taste nach ihrem Puls. Es dauert lange, aber endlich finde ich ihn. Er ist schwach, aber stabil.

Ich nehme ein Handy, rufe ihre Mutter an und schildere ihr den Zustand der kleinen Eleonora.

„Dies soll keine Drohung sein. Aber kaufen Sie Ihrer Tochter ein Pferd. Dann werden wir nie mehr voneinander hören."

Zentrallager Bönen

Die Dinge entwickeln sich nicht immer in die Richtung, in die man gedacht hat, als man sie auf den Weg brachte. Das ist manchmal gut so. Mitunter jedoch auch nicht.

Hartmann liebt Pünktlichkeit. Bei sich und anderen. Zufrieden blickt der Manager auf seine Armbanduhr als er die Autobahn in Bönen verlässt. Sie zeigt wenige Minuten vor neun Uhr und Hartmann wird wie jeden Dienstag Punkt neun auf seinen Audi auf dem eigens für ihn reservierten Parkplatz vor dem Verwaltungsgebäude des Zentrallagers abstellen können. Das macht ihn zufrieden, wird den anderen jedoch den Tag nicht retten können. Entspannt schaut er in den Rückspiegel, richtet noch eine Haarsträhne und zieht den Knoten seiner Krawatte zurecht. Im Radio brabbelt der Arbeitsminister in den Neun-Uhr-Nachrichten von Heuschrecken. Mit einem verächtlichen Schnauben schaltet Hartmann das Radio ab.

Ich stehe am Fenster und als der silbergraue Audi auf den Parkplatz einbiegt, brauche ich nicht auf die Uhr zu blicken. Es muss neun Uhr sein. Hartmann ist immer pünktlich. Immer. Hartmann ist vom Vorstand eingesetzt worden und soll das Zentrallager wieder in Schwung bringen. Außerdem ist er mein Chef.

Dynamisch, ganz so wie es sich gehört, verlässt er seinen Wagen. Ich habe ihn erwartet, aber sein Anblick lässt mich körperlich reagieren. Mir wird kalt und heiß zugleich, wahrscheinlich steigen Adrenalinspiegel und Puls um die Wette in die Höhe. Heute noch mehr als sonst.

Er öffnet die hintere Tür auf der Fahrerseite, entnimmt Sakko und Aktentasche. Die Blinker leuchten zweimal auf, der Wagen ist abgeschlossen und fast wirkt es, als würde ihm der Wagen zuzwinkern und einen schönen Tag wünschen. Hartmann eilt über die kleine Brücke, die den Wassergraben überquert auf den Haupteingang zu. Dabei wirft er einen schnellen Blick auf die Fassade. Ich weiche zurück, will nicht am Fenster gesehen werden. Das würde nicht gut aussehen.

Seit gut einem halben Jahr ist Hartmann mit der Geschäftsführung der Zentrallager in Nordrhein-Westfalen und Rheinland-Pfalz zuständig und genau seit dieser Zeit arbeite ich für ihn hier in Bönen. Er hat mich ausgewählt, instruiert und dafür gesorgt, dass alle Arbeitsmaterialien in ausreichendem Maße zur Verfügung stehen und mein monatlicher Scheck pünktlich kommt. Das ist gut so, denn er ist momentan mein einziger Auftraggeber. Die Zeiten sind nicht gut für private Ermittler.

Am Eingang begrüßt Hartmann die junge Auszubildende und gibt ihr seinen Wagenschlüssel für die jeden Dienstag fällige Innen- und Außenreinigung seines Dienstwagens, grüßt mal kurz mit einer lässigen Handbewegung Richtung Kantine, fragt im Sekretariat nach Post und e-mails, zieht sich in sein Büro zurück, studiert die Eingänge, dann die Zahlen und die Tageszeitung. Ein kurzes Telefonat mit Frankfurt.

Ich höre Schritte auf dem Gang. Einen schnellen, energischen Schritt, eindeutig Hartmann. Die Türklinke wird hinunter gedrückt.

„Guten Morgen Nadine." Er gibt mir die Hand. Sein Händedruck ist fest. Wie immer. Hartmann hatte sich das „Du" genommen. So wie er sich alles nimmt. Als wäre es selbstverständlich. Ich blieb beim „Sie".

„Guten Morgen Herr Hartmann." Ich lächele ihn höflich an.

Sein Blick wandert über die Monitore.

„Und?"

„Alles im Kasten."

„Prima", sagt Hartmann. „Zeig mir die Show."

Ich habe die entscheidenden Szenen im Vorfeld bereits zusammengeschnitten und auf eine DVD gebrannt. Das ist unser Dienstagmorgenritual, eine DVD mit den Highlights der vergangenen Woche. Best of the week.

„Monitor drei, Herr Hartmann." Ich lenke seine Aufmerksamkeit auf den mittleren meiner Monitore, die anderen sind für diese Besprechung abgeschaltet worden.

Die Frau auf dem Bildschirm schließt sich auf der Toilette ein. Die Kamera ist unter der Decke angebracht und filmt von oben. Dadurch ist das Gesicht von einem Schatten bedeckt, aber dennoch ist die Frau gut zu identifizieren. Maja Kabel aus der Non-Food-Abteilung. Sie legt einen Stapel Compact Discs auf den Toilettendeckel, öffnet ihre Bluse und schiebt sich einige CDs in ihr Unterhemd. Die restlichen verschwinden unter ihrer weiten Cargojeans. Nachdem sie ihre wieder Kleidung gerichtet hat, spült sie ab und verlässt das WC. Sechzehn Uhr und zwanzig Minuten. In der Aufnahme ist die Zeit eingeblendet.

„Und dann", fragt Hartmann. „Kam sie mit der Beute aus dem Gebäude?" Er fixiert mich, als hätte die Kamera mich aufgezeichnet und nicht die kleine Angestellte.

„Einen Augenblick."

Drei Mausklicks später erscheint der Personaleingang auf dem Bildschirm.

„Etwas zu verzollen?" Der Mann verlässt seinen Platz hinter dem Tresen und geht auf Maja Kabel zu.

Sie blickt sich suchend um.

„Wie immer", sagt sie.

„Du kennst den Ausfuhrzoll!" Er grinst sie anzüglich an.

„Natürlich."

„Morgen. In der Mittagspause. Wie immer."

„Wie immer."

Es ist sechzehn Uhr fünfundvierzig als Maja Kabel den Personaleingang verlässt und auf den roten Golf zugeht, in dem ihr Mann sie von der Arbeit abholt. Wie immer.

Ich stoppe die Vorführung.

„Wollen sie die Aufnahmen des nächsten Tages sehen, Herr Hartmann?"

„Sind sie eindeutig."

„Ja."

„Wo haben sie sich getroffen?"

„Im Pausenraum des Sicherheitsdienstes."

„Und das Bildmaterial ist eindeutig und unzweifelhaft?" Hartmann scheint mir nicht zu glauben.

„Glauben sie mir. Ich bin zwar nur eine Frau, aber Pornographie kann ich soeben noch erkennen." Ich bin leicht entnervt. „Aber wenn sie mir nicht glauben..." Meine Hand bewegt sich Richtung Maus.

„Nein, danke. Diesen Anblick erspare ich mir lieber."

Ich bin mit seiner Entscheidung zufrieden. Das ist selten der Fall.

„Rufen sie Frau Kabel und Walther", sagt er nach einer kurzen Pause. „Nein, erst Walther, wenn er da ist Frau Kabel."

Walther kommt zuerst und wird von Hartmann, der gerade von seinem Frankfurter Sekretariat via Handy über den heutigen Posteingang informiert wird, auf einen Stuhl am Ende des Besprechungstisches gelotst. Walther ist der Leiter des Lagers in Bönen, er muss sich auf dem Weg zu uns beeilt haben, er schwitzt heftig.

„Männer trinken nicht nur Fanta", lautet sein Lieblingsspruch und so sieht er auch aus. Seine rote Bombe rührt sicherlich nicht nur von der Anstrengung eines schnellen Fußmarsches in mein Büro verbunden mit der Angst vor Hartmann einher. Vor Hartmann haben alle Angst. Auch Walther.

Etwas später hören wir zögerliche Schritte und ein schüchternes Klopfen an der Tür.

Aus den Augenwinkeln sehe ich, wie auf dem Personalparkplatz ein roter Golf vorfährt und direkt neben Hartmann parkt. Die junge Auszubildende drückt dem Fahrer einen Schlüssel in die Hand.

Hartmann beendet sein Telefonat, wendet sich Maja Kabel zu, streicht sich durch die Haare und schaut sie an.

„Alles in Ordnung?"

„Ja, ja. Natürlich", antwortet sie schnell, obwohl sie den Sinn der Frage nicht versteht. Sie schaut hilfesuchend in Walthers und meine Richtung. Ich beschäftige mich intensiv mit meinem Laptop. Weiche ihrem Blick aus. Walther schwitzt nun noch mehr.

„Walther", sagt Hartmann. „Haben wir die Diebstähle in den Griff bekommen?"

„Aber sicher, Chef." Heftiges Schwitzen.

„Gut", sagt Hartmann tonlos und gibt mir ein Zeichen.

Ich starte die Aufnahmen zum zweiten Mal an diesem Morgen und wieder stoppe ich sie nach der Szene am Personalausgang.

„Du weißt, warum du hier bist?!" Hartmann hat sich vor Frau Kabel aufgebaut.

Keine Antwort.

„Du weißt es doch. Oder?"

Maja schweigt noch immer.

„Walther, dann sagen Sie es ihr!" Er hat die Stimme gesenkt. Sie ist nicht aggressiv, eher tonlos. Die ganz gefährliche Variante.

„Ich glaube, also ich meine, der Herr Hartmann möchte wahrscheinlich andeuten, also ich meine..." Walther stottert herum, als hätte er eine solcher Szene noch nie miterlebt. Aber dies waren nicht die ersten verwertbaren Filmaufzeichnungen und folgerichtig auch nicht das erste Gespräch dieser Art.

„Du bist raus", unterbricht ihn Hartmann. „Räum deinen Spind auf und verlass das Haus."

„Warum", fragt Frau Kabel. Sie schaut ihn trotzig an.

„Diebstahl?" Hartmanns Stimme kippt ins Ironische. „Oder was haben wir da gerade gesehen."

„Die CDs waren Rückläufer aus den Filialen. Die sollten doch nur entsorgt werden", verteidigt sie sich.

„Ach ja, dann kann man sie also einfach so unter den Pulli stecken und mit nach Hause nehmen und im Internet versteigern oder an Bekannte verkaufen."

„Aber es war doch nur Müll!"

„Man klaut auch keinen Müll und erst recht treibt man es für Müll nicht mit dem Wachdienst."

„Das stimmt doch gar nicht. Das an der Tür, das war doch nur Flachserei."

„Nadine." Er gibt mir ein Zeichen. „Zeig uns doch die Aufnahme vom nächsten Tag."

Entsetzen macht sich auf dem Gesicht der jungen Mitarbeiterin breit. Hektische Flecken besiegeln auch optisch ihre Niederlage. „Nicht nötig." Ihre Stimme ist nun erstaunlich dünn und flatterig, aber sie fasst sich aber schnell und geht zum unerwarteten Gegenangriff über.

„Herr Hartmann, das ist illegal. Sie dürfen solche Aufnahmen nicht machen und schon gar nicht verwenden."

„Ach so. Schön das Sie mir das mitteilen. Aber hören Sie gut zu: Es interessiert mich nicht. Und wenn Sie nun nicht ganz schnell dieses Büro verlassen, wird Ihnen meine reizende Mitarbeiterin eine Sicherheitskopie nach Hause schicken. Adressiert an Ihren Mann. Schönen Tag noch." Hartmann dreht sich um stellt sich ans Fenster. Hinter dem neuen Bio Security Center, einem der wenigen Vorzeigeprojekte der alten Landesregierung ziehen aus Richtung Hamm dunkle Wolken auf. Es riecht nach Gewitter als Maja Kabel leise mein Büro verlässt. In der Tür dreht sie sich noch einmal um, sucht Blickkontakt. Ich starre auf die Monitore.

Hartmann blickt aus dem Fenster. Der rote Golf, denkt er, der gehört hier nicht hin. Nicht jetzt. Er kommt ihm jedoch verdammt bekannt vor. Aber bevor Hartmann diesen Gedanken weiter verfolgen kann, verdrängt ihn ein Blick auf Nadines Titten schneller, als er gekommen war.

Hartmann glotzt mir einmal mehr gedankenverloren in den Ausschnitt. Walther sitzt versteinert auf seinem Stuhl und außer heftigem Schwitzen fällt ihm zunächst weiter nichts ein.

„Wie viele Mitarbeiter wollen Sie noch entlassen? Bis keiner mehr da ist", fragt Walther endlich.

„Bis hier keiner mehr stiehlt, lügt, betrügt, illegal krank feiert, die Pausenzeiten eingehalten werden. Um es kurz zu machen: Bis endlich Zucht und Ordnung in diesem Sauladen herrscht. Und..." Hartmann macht eine Pause. Walther nutzt sie als Stichwortgeber.

„Und was?"

„Und die Zahlen wieder stimmen."

Umsätze, Ertragskraft, Kennzahlen. Sie entsprechen nicht den Erwartungen der Eigner. Das weiß auch Walther. Walther weiß auch, was das für ihn heißt.

„Walther, Sie wie alt sind sie eigentlich?"

„Dreiundfünfzig. Warum?"

„Sie sollten um diesen Job kämpfen. In Ihrem Alter." Hartmann droht nicht. Hartmann stellt fest. Und lächelt.

Hartmann verlässt das Büro.

„Wir sehen uns Dienstag", sagt er.

Walther hebt die Hand und winkt ihm kraftlos hinterher. Seine Schweißflecken sind wirklich unglaublich.

„Ich glaube nicht", flüstere ich nahezu tonlos, aber höflich lächelnd.

Minuten später lächele ich noch immer. Ich spiele gedankenverloren mit dem kleinen dunklen Kästchen, das mir die junge Auszubildende zugesteckt hat, als sie Hartmann den Autoschlüssel zurück brachte, öffne es, entnehme die Fernsteuerung, lege den Schalter auf „On", betrachte das rot blinkende Lämpchen und drücke endlich auf den Knopf.

Mein Auftrag ist beendet.

SIM JÜ[11]

Gebrannte Mandeln duften laut
aus noch verriegelten Buden
Sturm weht Fahnen wild
lässt flattern, zerreißt und
verweht sie in die Ferne
Karussels werden geschmückt
Glühbirnen gewechselt
Brezeln geformt und gebacken
Fett erhitzt und der Sturm weht
vielleicht auch Besucher in die Stadt

---

[11] Geschrieben am 26.10.2002, um 10:00 Uhr bei einem Cappuccino in einem Lokal, nennen wir es spaßeshalber beim Namen: „Italienischer Garten", am Marktplatz und empfehlenswert. Am nächsten Tag wurde die Kirmes wegen heftiger Stürme abgesagt

Support: Andreas Hellmich
Danke.

...to be continued...